de groasă

cu toate neamurile elea
strivibile precum un vierme
și care, cică, ți-ar fi semeni.

Ce semeni?... Când tu ești un *macho*
și, din merțană, o faci fleașcă
pe blonda din Trabant, pe care
o scuipi din mers și-i strigi: „Răgaceo,
te-a căcat mă-ta în caleașcă,
dă nu poți circula mai tare?"

Sau p-ăla care-i tragi o flegmă
când vrea-s dășchiză, în plin soare,
geamu-n tramvai și-o babă, cică,
precisă ca o apoftegmă[2]:
„E corent, maică, și ne doare
urechile!". – Ce semeni, Gică?

*

Ce semeni, Nae?... Poate clone
prin gări și vămi autohtone,
cu termopane-n rol de sticlă,
de după care câte-o riglă
de calcul, îți răspunde-n scârbă,
ca unei moi urechi de cârpă[3], –

conform cutărui Decalog
(ălui vechi, cvasianalog,

---

2. Termenul *apoftegmă*, aici, îmi aparține.
3. Acest organ auricular este *trouvaille*-ul lui Nichita Danilov.

doar că oleacă mai excentric),
şi care pune-un punct pe *i*,
la punctul 2: „Nu te gândi
la ceilalţi. Fii, bre[4], egocentric."

Altminteri, nesimţiţii fac
un soi de Internaţională
ai cărei membri-s, parcă, gemeni,
dar, îndeobşte, se prefac
că nu sunt din aceeaşi oală,
fi'ndcă nu vor să aibă semeni.

*

Ce semeni? – când, plecând la băi
mai totdeauna cu ai tăi
rar singur, – soaţa-ţi, de o zi, e
plină de-o tandră gelozie:
„Să nu uiţi cum urci, dragă,-n tren
să-ţi scoţi pantofii dă teren

şi să rămâi doar în ciorapii
tăi flauşaţi şi albi; iar crapii
în saramură, nici pă ei
să nu-i serveşti fără mujdei,
mujdeiu-n care-ntingi şi cele
vreo doişpe proaspete piftele;

iar dacă-l iei şi p-ăla micu
(care e,-ntreg, leit tăticu'),

4. „Bre"-ul colocvial (incompatibil, altminteri, cu un „decalog") e o iniţiativă a mea, de ordin comic.

lasă-l să umble copăcel
ba chiar de-a bușilea, și el,
că-nțepenește și, în veață,
doar cin' să-mpinge iasă-n față."

*

„A, și să nu uiți, Aurele,
maieul ăl cu găurele
prin care-o adiere simți,
că prinde bine când îți scoți
cămașa albă din chiloți
și din nădragii ăia strimți.

Și să nu uiți să te-ntorci vineri
că e logodna ălor tineri,
iar pentru că la noi nu-i loc,
vom așeza,-n mai larga casă
a scărilor, o lungă masă
și vom pofti întregul bloc:

să tacă ăi dă pă palier
c-atunci când pleci, în marșaler,
te-auzi mai rău ca la raliu, –
iar cu-ordinea, îl punem șef
pă ăl bătrân, pă nenea Ștef,
ce-a fost, pă vremuri, caraliu."

*

„Dă toate numele mi-e silă,
zisese tac-su, când cu pleașca

cu decrețelu... S-aibe șiansă,
io zic să-i zicem Nesimțilă!“
Iar soacră-sa, privind în ceașca
cu nechezol, cam dinspre ansă

spre stânga (ea nu-i zicea *toartă*,
fi’ndcă știa de la cocoana
unde fusese fată-n casă,
că se-mbunătățește soarta
când ții de ansă chiar o cană,
darmite-o franțozească tasă),

spunea, pe urmă, cui credea-n
ghicitul în cafea și-n dodii
dintr-astea: „După ce-o re’ntorc,
cu gura-n sus, ce să vedea
în ceașcă?... Ăle doișpe zodii, –
iar ultima era un porc!“

ENVOI

S-au scris acestea ca-ntr-o sală
de așteptare,-n care ne-
simțirea este abisală
și imuabilă ca Iadu’ –
ca și aceea care ne
așteaptă încă-n *Ghidul ne-
simțitului,* în care Radu
Paraschivescu,-n acest an,
se-nfurie, – martor *Foarță N.*
Șerban.

GHIDUL NESIMȚITULUI

cum să simţi un nesimţit

Rândurile pe care tocmai aţi început să le citiţi ar fi putut să aibă mai multe nume. Ele s-ar fi putut intitula, bunăoară, *Introducere în cunoaşterea nesimţitului* sau *Nesimţitul în trecut şi în prezent pe teritoriul patriei noastre.* Însă rostul cărţii de faţă nu e să maimuţărească tipăriturile indigeste din anii 1980, nici să răspundă unor aşteptări peste măsură de pretenţioase. În plus, România nu are contract de exclusivitate cu nesimţirea. Aceasta este globală, dinamică şi atentă la schimbările din jur. Ea e percepută peste tot şi regretată nicăieri. Fireşte, nesimţitul român nu seamănă cu cel belgian, azer sau panamez şi nu poate fi confundat cu nici unul dintre ei. El are un *je ne sais quoi* care-l face inimitabil şi greu, dacă nu aproape imposibil, de clasificat.

Şi mai are ceva nesimţitul român: un decalog de la care nu se abate şi un set de convingeri pe care ţi-e cu neputinţă să i le zdruncini. Trăsătura lui definitorie pare, astăzi mai mult ca oricând, ubicuitatea. Cine are tristul privilegiu al vieţii în oraşele mari nu se mai poate întoarce în loc fără să dea cu nasul de un exponent al categoriei. Iar de la o vreme nici măcar refugiul campestru sau izolarea prin funduri de provincie nu mai garantează izbăvirea. Nesimțitul român este agentul unei molime căreia societatea nu i-a aflat leacul. Și putem spune chiar că, după cum merg lucrurile, e foarte puțin probabil ca laboratoarele vieții publice să descopere un vaccin eficace.

Dicționarele ne pun la dispoziție rama îngustă a unor definiții, lăsându-ne pe noi să facem restul. Terfeloaga explicativă a limbii române așază trei explicații în dreptul termenului „nesimțire“: 1) pierdere a cunoștinței sau leșin; 2) lipsă de bun-simț, purtare a celui nesimțit; 3) răceală, lipsă de sensibilitate. Dintre cele trei accepții, cea care ne interesează este a doua. Potrivit acesteia – și umblând la familia de cuvinte –, nesimțitul este un om „lipsit de bună creștere, de cuviință, de delicatețe“. Confruntată cu adevărul mișcător a ceea ce ne înconjoară, formula degajă un abur patetic și vetust. Nesimțitul de la noi și de pretutindeni nu mai e de mult așa cum îl descriu dicționarele. Pe linia unei sinonimii dictate mai degrabă de palpitul vieții de zi cu zi decât de acribia semantică, nesimțitul e totuna cu bădăranul, mojicul, țopârlanul (însoțit de ruda dumisale apropiată, țoapa), neamul prost, mârlanul sau ghiolbanul. Sunt termeni cu o sonoritate sugestivă, vocabule din care gâlgâie sensuri nete, substantive al căror numitor comun este voluptatea gestului sau a cuvântului nepotrivit.

Rostul acestor termeni? Să ne atragă atenția că nesimțitul e o alcătuire stridentă, cu o uluitoare capacitate de a fi vociferant mereu și de a nu se replia niciodată. El e întotdeauna în apele lui, fără să cunoască stinghereala. Nesimțitul nu roșește, fiindcă e nepregătit genetic pentru o asemenea abatere pigmentară. Mediul lui optim e spațiul public, unde își dă imperturbabil adevărata măsură. Acomodant, niciodată în pană când vine vorba de adecvarea la context, suplu ca o liană și sâcâitor ca sciatica, nesimțitul știe să valorifice toate fisurile prin care se poate furișa în țesutul social. El are știința fructificării insinuante. Nu te cotropește frontal și decisiv, ci te învăluie alunecos, până când îți devine vecin sau îți suflă în ceafă. Nesimțitul se comportă ca un virus cu tabieturi, obsesii și manii. Îi lipsesc, în schimb, simțul măsurii și urbanitatea elementară. Dacă le-ar fi avut, cartea de față n-ar fi fost scrisă.

Trăsăturile principale care compun profilul nesimțitului reies din decalogul care urmează. Ele se verifică în realitatea imediată și pot fi identificate lesne de orice observator. Merită, totuși, să zăbovim în preajma celor două elemente care constituie amprenta identitară a nesimțitului: gesticulația și retorica. Altfel spus, limbajul non-verbal și discursul.

Cum gesticulează nesimțitul. Limbajul trupului

Nesimțitul este, din capul locului, adeptul gesticulației luxuriante. Nici n-ar putea fi altfel, fiindcă – e lucru știut – nesimțirea n-a făcut niciodată casă bună cu discreția. Energia debordantă a nesimțitului se regăsește în felul cum se mișcă acesta, în agitația spastică a membrelor, în exuberanța sufocantă a întregului corp. Manualele de fizică din clasa a VI-a de acum treizeci de ani defineau corpul drept „tot ceea ce ocupă loc în spațiu“. Ei bine, corpul nesimțitului se sustrage acestei generalizări nemeritate. Nesimțitul nu ocupă loc în spațiu, ci îl colonizează, îl supune unei năvale neîndurătoare, îl impregnează cu esența lui rezistentă la orice tratament de combatere. El știe că își poate disloca aproapele în doi timpi și trei mișcări, motiv pentru care își îngăduie să trăiască relaxat. Când un nesimțit își propune să te alunge de pe propriul tău teren, sunt rarisime cazurile în care nu reușește. (Iar în aceste cazuri probabil că dă peste un nesimțit de aceeași anvergură.) Gesturile lui sunt, în aceste condiții, un instrument redutabil. Indiferent dacă se șterge la nas, se scobește între dinți, îți povestește un film sau te invită la o bere, nesimțitul te face să devii retractil. Și-atunci din două, una: ori capitulezi resemnat, ori dispari cât poți de repede. În ambele cazuri, victoria e a nesimțitului.

Gesticulația nesimțitului e bogată, gratuită, incomodă și agresivă. Există aici un preaplin coregrafic, o abundență motrice de rău augur. Chiar și atunci când intențiile nesimțitului par în bună regulă, ceva din morișca mâinilor sau în bulbucarea ochilor săi te inhibă și te face să te întrebi pe unde o să scoți cămașa. Expansiv și nestăpânit, nesimțitul e gata să-ți vâre un deget în ochi, să te calce pe bombeu, să te înghesuie și să-ți reducă spațiul vital. Compania lui e solicitantă și obligă la precauții neîntrerupte. Lângă un nesimțit încerci un alt tip de nesiguranță decât lângă un posibil hoț de buzunare, dar ai puține șanse să rămâi același. De cele mai multe ori iritarea în fața lui face loc disconfortului, iar uneori chiar și fricii.

Pe lângă gesticulația ca acompaniament al vorbirii, nesimțitul poate recurge oricând la gesturi definitorii, de sine stătătoare. Încărcătura lor e cu atât mai nocivă cu cât totul are loc în public. Nesimțitul deține arta surprizelor consternante. El se descalță în tren, fumează în locuri unde acest lucru i se interzice în mod explicit, vorbește între replici la teatru, își suge măselele la Ateneu, își pipăie prietena pe întuneric la film, eructează plenar după dejun și se șterge la gură fie cu fața de masă, fie cu mâneca hainei. Toate aceste gesturi denotă nu doar lipsă de educație, ci în primul rând sfidare la adresa celor care i se află întâmplător în preajmă. Cei mai mulți nesimțiți *știu* că nu au voie să facă anumite lucruri. Dar le fac doar pentru violentarea asistenței, pentru oripilarea ei amuzată. Nesimțitul se hrănește din stinghereala celorlalți și găsește în ea îndemnul de a fi nesimțit și cu alte prilejuri. Așa cum pofta vine mâncând, jubilația nesimțirii sporește cu fiecare gest care iese din normă și-i perplexează pe martori.

Cum vorbește nesimțitul. Limbaj pur și simplu

În ceea ce privește retorica nesimțitului, ea nu face decât să-i dubleze gesticulația. Nesimțitul are un fel de-a vorbi sintetizabil în câteva epitete: zgomotos, răstit, grosier, ofensator. Nici un nesimțit autentic nu va folosi surdina. Verbul lui trebuie să fie sonor până la timorare și excesiv până la vertij. Nesimțitul nu coboară spre șoaptă în nici o împrejurare. Nimic nu-l poate convinge să tacă. Și nici să accepte că e nepoliticos să ridice tonul în biserică, la cimitir sau într-un muzeu. Un nesimțit care vorbește încet este o contradicție în termeni. Un aranjament contra naturii. Un compus oximoronic. Un mutant pe care realitatea se va grăbi să-l respingă. Nesimțitul veritabil se exprimă răspicat, întrerupe, confiscă atenția auditoriului, taie macaroana și nu e interesat de punctul de vedere al celorlalți. Contează el și numai el. Orice tentativă de sustragere a aproapelui e sancționată drastic și imediat. Nesimțitul abhoră clipele dubitative, deplânge ifosul patetic al revoltatului de lângă el și militează până în pânzele albe pentru răsteală, ciorovăire sau insultă. El râde la propriile bancuri (majoritatea stupide) și te somează să i te alături. Vorbește fără să filtreze, iar pentru asta așteaptă complimente și admirație. Nu se prezintă niciodată, presupunând că-l cunoști. Este locvace, pisălog și afișează de fiecare dată o deplină indiferență față de ceea ce-l înconjoară.

*

Paginile care urmează ascund, ce-i drept, o formă de inutilitate, fiind de la un punct încolo o încercare de a-i vinde castraveți grădinarului. În mod normal, personajul principal al acestei cărți și nenumărații lui frați întru atitudini își cunosc bine menirea, arealul și victimele. Nesimțitul român – căci el e totuși blestemul nostru zilnic – este surprins aici în diverse ipostaze și încurajat să nu coboare ștacheta. Tocmai fiindcă avem așteptări enorme de la el, îi suntem aproape cu vorba și cu exemplul. Nu știm dacă va avea sau nu chef să parcurgă acest ghid, pentru simplul motiv că e puțin probabil să afle noutăți. Însă datoria noastră e să-l înarmăm cu cât mai multe trucuri, strategii și instrumente. Poate că de unele a uitat. Poate că altele i se par subevaluate. Poate că se va simți ispitit să se raporteze la modelul furnizat de ghidul nostru și va constata că există totuși, în comportamentul său, amănunte retușabile. În fond, un nesimțit avizat are un impact mult mai puternic asupra semenilor decât unul constrâns la acțiuni empirice. În fine, ca formă supremă de *captatio*, am ales să ne adresăm nesimțitului tutuindu-l. Alegând armele lui și mutându-ne într-un registru pe care-l stăpânește până la ultima nuanță. În felul ăsta, avem cât de cât șansa unei reacții binevoitoare din parte-i.

decalogul nesimțitului

1. Fii strident. Luptă cu toate mijloacele împotriva discreției.

2. Nu te gândi la ceilalți. Fii egocentric.

3. Pătrunde pretutindeni. Nu te lăsa marginalizat.

4. Fă prozeliți. O să vezi că nu e foarte greu.

5. Batjocorește lucrurile grave. Practică persiflarea mai ales când nu e cazul.

6. Arată-te opac la argumentele celorlalți. Eventual refuză-le *de plano.*

7. Caută mereu prim-planul. Încearcă să fii contaminant.

8. Evită să-ți pui întrebări. Drumul tău e unul al certitudinilor.

9. Convinge lumea să se plieze pe setul tău de non-valori. Nu accepta compromisuri.

10. Nu uita că marele tău dușman e bunul-simț. Combate-l cu fiecare gest și cuvânt.

nesimțitul călător

În mileniul internautic, globalizant și repezit în care te afli, călătoria și-a pierdut frisonul inițiatic. Așternerea la drum nu mai are aplomb picaresc sau sâmbure de mister. Totul s-a redus la o deplasare eficientă, cu economie de timp și abundență de mijloace. Nimeni nu mai pleacă în direcții incerte, nimeni nu mai caută sensuri pitite în mecanica pașilor. Călătorul de azi e o vietate decisă, care trebuie să ajungă repede din punctul A în punctul B. El are un aer posac, preocupat sau febril, în funcție de agenda zilei. Stilistica voiajului, fie el de plăcere sau de afaceri, a sărăcit metodic, pe măsură ce s-a îmbogățit recuzita tehnică. Autobuzele, trenurile, avioanele și metrourile transportă cohorte de pasageri plecați, vorba lui George Bernard Shaw, „la întâlniri cu ei înșiși, la care se tem să nu întârzie". Ei bine, de ce să îngădui, tu, nesimțitule, posomoreala ulcerantă a acestor veșnici hoinari? Chiar nu poți face nimic? Ba vezi bine că poți, dacă știi să-ți alegi instrumentele și momentul optim al intervenției.

Studiază, de pildă, un autobuz care duce sau aduce lumea de la serviciu. O să observi imediat că în acvariul pe roți care străbate orașul stăruie aerul unei neîmpliniri generale, al unei vegetări lâncede.

Fiecare pasager e o insulă ascunsă sub o pagină de ziar, o copertă de carte sau o privire fixată pe geam. Sunt oameni care nu gustă viața și nu-i pricep sensurile subtile. Unii citesc sfidător, parcă pentru a-ți da de înțeles că accesul în lumea lor e interzis. Alții s-au cufundat în gânduri, semn că mestecă tăcut o dilemă domestică sau o frustrare preluată de la slujbă. În fine, alții sunt rupți de oboseală și, sprijiniți cu fruntea de geam, încearcă să fure un sfert de oră de somn recuperator. E limpede, trebuie făcut ceva – și încă repede.

Firește, pentru ca o inițiativă de acest gen să fie încununată de succes, ea trebuie să înceapă corespunzător. În cazul de față, de la urcarea în autobuz. E un moment delicat, pe care nu toți îl gestionează cum se cuvine. Nesimțitul autentic știe însă că n-are voie să cedeze în fața convențiilor. Politețurile de modă veche, hamletizările delicate și abstragerile concesive sunt mofturi stupide, flecuștețe pentru care tagma te va taxa când îți va fi lumea mai dragă. Există încă locuri în țară unde autobuzul sau tramvaiul se așteaptă pe trotuar, iar uneori – ca o culme a desuetudinii vătămătoare – pe băncuțele din refugii. Un nesimțit bucureștean expediat în Oradea ar putea descoperi aici surprize greu digerabile. Există sclifosiți prevenitori, care practică o discriminare abuzivă și îngăduie accesul în vehicul pe criterii ieșite din uz: vârstă, sex, eventual beteșuguri trupești. Fiind vorba tot de creaturi de la bunul Dumnezeu lăsate, acești indivizi jalnici, hrăniți cu perfuziile unei nostalgii culpabile, nu pot fi lichidați și nici măcar închiși în rezervații. În fața lor, nesimțitul are o singură variantă: acțiunea directă.

Ea se comprimă într-o formulă fără echivoc: darea de buzna. Nesimțitul e cel care, prin puterea exemplului, îi supune pe pasageri unei pedagogii simple, dar de o somptuoasă utilitate. Într-un autobuz nu se suie, ci se năvălește. Stilistica momentului trebuie să aibă ceva de meleu rugbistic, de caft pe maidan, de îmbulzeală ceaușistă la tejghea, când vânzătoarea le anunța celor o sută de șoimi ai cozilor că mai erau doar treizeci de pachete cu gâturi și gheare de pui. Accesul în mijlocul de transport respectă o lege naturală, cu ecouri darwiniene: *the survival of the fittest**. Primii urcați sunt plăvanii musculoși, liceenii cu viteză de reacție, haidamacii cu palma cât cazmaua și ceafa încrețită ca blana de sharpey. Ei își asigură întâietatea distribuind galant ghionturi care dislocă fulgerător, măturând din cale concurența fragilă, călcând apăsat pe bombeuri și principii. Li se alătură sporadic câte o gospodină teribilă, gata să preschimbe plasa cu morcovi în armă albă și umbrela în suliță. Asaltul treptelor se face icnit, iar când argumentele fizice nu ajung, e loc oricând pentru un îndemn categoric – „Dă-te, fă, la o parte că-mi iei aerul!" – sau o constatare dușmănoasă: „Te caută moartea pe-acasă și tu te plimbi pe benzina statului". În cazurile speciale, ceea ce nu se poate regla din limbaj sau bicepși își găsește rezol-

* Supraviețuiește cine se adaptează.

varea printr-o flegmă bine țintită, pe pantofii sau între ochii cârtitorului.

Odată urcat în autobuz, dragă nesimțitule, lucrurile merg de la sine. Pofta de victorii se întreține cu victorii, așa că e bine să treci la pasul următor fără tatonări sterile. Iar acest pas e, firește, ocuparea scaunelor. Doar printr-un nefericit accident strategic se poate întâmpla ca pe cele douăzeci și ceva de scaune ale unui autobuz să se lăfăie obraznic și nepedepsit vreo femeie. Noroc că astea sunt excepții. Imaginea autobuzului ideal trebuie să conțină două duzini de masculi instalați comod pe scaune, cu capul între urechi și ochii pironiți în ziare, precum și câteva zeci de femei spânzurând căznit de barele de susținere, într-un echilibru precar, gata să fie scoase de pe orbită de o frână bruscă sau de un viraj neașteptat. Spre lauda lui, nesimțitul din această categorie își cultivă vocația de la vârste fragede. Așa și nu altfel se explică prezența adolescenților pe locurile rezervate bătrânilor și ignorarea statornică a acestora din urmă.

În București, inutil de spus, cultura sfidării a atins de mult perfecțiunea. Tânărul din Capitală nu poate fi deșurubat de pe scaun sub nici o formă. E un spațiu pentru care s-a bătut de la urcare și pe care nu are de gând să-l cedeze unui străin pentru motivul idiot că are optzeci de ani, duce în brațe un copil sau și-a pus piciorul în ghips. Șoapta aluzivă sau rugămintea duioasă sunt sortite eșecului. Ocupantul e imun la stimuli. Totuși, dacă insiști, și-l nimerești într-o zi când e binedispus, ai șanse să auzi un răspuns care blochează orice demersuri ulterioare. „Mămică, lasă-mă pe mine să stau, că-s femeie bătrână“, imploră subțire un ghem clorotic cu basma și baston. „Scuteala, mamaie, o să stau destul în picioare când o să fiu ca tine“, sună răspicata punere la punct.

Cu toate acestea, e posibil să fii nesimțit și să *nu* prinzi loc pe scaun. La orele de vârf, autobuzele sunt ticsite de lume, transformându-i pe oameni în niște sardine bipede, asudate și lipicioase în părțile neacoperite. E cazul să disperi? Dacă ești un nesimțit care se respectă, nu. Se pot face lucruri constructive și în picioare. Primul ar fi împingerea hotărâtă, până la comprimarea totală, a celor care îți stau în față. Balansul pelvian, pumnul înfipt în rinichi, la rigoare gâdilătura scurtă, figurează în instrumentarul acestei abordări. Ca de obicei, fapta se cere însoțită cu vorba, fiindcă riști uneori să dai peste oameni impermeabili la aluziile corporale. Gambiturile sunt și aici de o reconfortantă diversitate. Poți începe cu un „Frate, bagă material, pupa-te-aș pe portofel, să-ncap și eu“. Dacă revendicarea nu găsește ecou, ești liber să treci la formule mai abrupte: „Urcă, băi, foameo, mai sus, că rămân dracu' pă scară și te sparg la nas“. Fii sigur că disponibilitatea ta pentru angajamentul fizic o să-și facă efectul.

După ce te-ai instalat temeinic, ai grijă să te apropii de o femeie neînsoțită, căreia (dacă e vară) hainele nu izbutesc să-i ascundă decât parțial înzestrarea. Lipește-te de ea și freacă-te sugestiv. Nu ezita s-o pipăi iscoditor, cu meticulozitatea unui controlor de calitate care supraveghează un lot de produse ceramice exportabile în spațiul Schengen. Ce riști? O ripostă dură? Nici vorbă. Am stabilit deja că duelurile verbale cu nesimțitul au șanse de câștig mai mici decât un schior camerunez sau un baschetbalist britanic. Altceva? O palmă indignată? Haida, de! Autobuzul e atât de aglomerat, încât descleștarea unei mâini de pe bara de susținere în scopuri punitive poate avea urmări dramatice, mai ales dacă tocmai atunci șoferul frânează sau schimbă banda. O femeie singură într-un mijloc de transport la ore de vârf e o pradă ușoară pentru orice nesimțit de vocație. Și mai e ceva: femeia știe că în asemenea cazuri opinia publică rămâne mută ca un film cu Harold Loyd. Nimeni nu intervine în gimnastica de seducție rutieră a unui nesimțit fără să-și riște pielea.

Principala condiție a unei terapii cu urmări imediate e șocul, cu două canale predilecte de transmitere: sonor și odorific. Sigur, pentru ca totul să decurgă fără opinteli, e bine să-ți adecvezi mijloacele în funcție de ținta aleasă. Să vedem în ce fel.

Nesimțitul zgomotos

Se întâmplă uneori ca autobuzul să nu fie plin, iar admiterea pe scaune să nu fie mai complicată decât cea de pe vremuri la politehnică. În cazul în care ești un nesimțit „profi" și te-ai fixat asupra ochelaristului cu mutră de șoarece de bibliotecă, adâncit în *Eseurile* lui Montaigne sau în *Spania nevertebrata* a lui Ortega y Gasset, greu e până te așezi lângă el. Pe urmă ai la îndemână un instrument simplu, cu rezultate infailibile. Ai ghicit, e vorba de telefonul mobil. Dacă unealta cu pricina sună, lucrurile sunt mai simple ca perfectul simplu. Nu trebuie decât să fii tu însuți și să urli de parcă te-ai strădui să acoperi un parc auto. E irelevant că subiectul tău de discuție nu interesează pe nimeni, cu atât mai puțin pe vecinul de scaun. Tonul face muzica, iar tonul tău trebuie să fie vârtos, ofițeresc și răspicat. Într-o lume atât de deschisă, în care spiritul gregar cunoaște o detentă atât de frumoasă, nu se cade să ai secrete. Prin urmare, vorbește tare, fără sfială, și nu ține cont nici de cei care întorc capul contrariați, doar-doar vei prinde aluzia, nici de ochelaristul care, de când ți-a sunat telefonul, se chinuie să priceapă o frază pe care între timp o va fi citit deja de cincisprezece ori, cu un tot mai pronunțat sentiment al inutilității.

„CE FACI, FRĂȚIE? EU? ÎN AUTOBUZ. ÎN AUTOBUZ, BĂ, EȘTI SURD? MĂ DUC SĂ-MPING O BILĂ-N FLOREASCA. CU USCATU' ȘI SAVARINĂ. NU VII ȘI TU? BĂ, EȘTI NEBUN? CE FACI ACASĂ? VREI SĂ DORMI? DE CE, MĂ? A, AI FOST LA BAIRAM? ȘI? A FOST ȘI BLONDA AIA ȚÂȚOASĂ? DA, MĂ, AIA CARE-AM VĂZUT-O-N BAICULUI. SĂ MORI TU. TE-AI DAT LA EA? BĂ, EȘTI NEBUN?

POATE AFLĂ CALU', ÎȚI FACE BUTONERĂ, SĂ DEA DRACII. HAI, ZI-I, TE-ARUNCI ÎNCOACE? EȘTI BULANGIU, SĂ MOARĂ MAMA. CE, MĂ? TE DUCI ȘI DISEARĂ? BĂ, EȘTI NEBUN?"

Prea puțin importă, nesimțit vociferant, dacă interlocutorul tău e sau nu nebun. În schimb, vecinul tot mai gârbovit asupra paginii de carte dă semne limpezi că e pe punctul să-și piardă mințile și că nu știe ce să facă. Tentația reproșului nu-l vizitează. Omul știe că orice dojană ar atrage după sine sictirirea brutală. Ți-ar spune cu drag inimă „Vorbiți mai încet, vă rog", dar bănuiește deja riposta: „Ce faci, băi, tragi cu urechea? Păi eu mă bag în sufletu' tău, să văd ce citești? Stai, bre, pe coada ta, dacă nu vrei s-avem scârbă-n casă". Micul ochelarist ar înghiți umilința și s-ar muta pe alt scaun, însă nu mai e nici unul liber. Așa că preferă să se cenzureze obidit și să spere că vei coborî înaintea lui. Ceea ce o să ai grijă să nu se întâmple.

Dacă nu te sună nimeni, e cazul să-ți mobilizezi spiritul creator. Ce înseamnă asta? Simplu, apeși de câteva ori pe tastatura mobilului, până ajungi la tonurile de apel. E de la sine înțeles că nu ai un aparat obișnuit, ci unul fițos, dotat cu sonerie polifonică. Aici meniul e de o varietate care te umple de plăcere, fiindcă rostul funcțional al telefonului e însoțit de o înviorătoare ofertă muzicală. Mai simplu spus, tonurile de apel sunt începuturi de manea, așa cum se cuvine să aibă orice nesimțit care se respectă. Respectivele apeluri au enorma calitate că se aud dintr-un capăt în celălalt al autobuzului, astfel încât replierea din calea șuvoiului de sunete văicărețe devine imposibilă. Relativa liniște din autobuz se destramă de îndată ce se aud primele măsuri din *Aș da zile de la mine* sau *Of, viața mea.* Sigur, dacă remarci că în jurul tău femeile sunt mai numeroase decât bărbații, le poți răsfăța cu deja celebra producție centrată în jurul unei observații demne de conferințele internaționale despre sănătatea reproducerii: „Pe la spate, pe la spate, / C-așa vreau fetele toate". Oricum, nu e înțelept să omiți nici una dintre cele peste douăzeci de variante de apel. Și chiar dacă nu toți pasagerii din autobuz au aflat de Nicolae Guță, Vali Vijelie, Florin Salam sau Dan Bursuc, li se oferă gratuit prilejul unei salutare puneri în temă.

Acum, în ce te privește, ți-ai făcut datoria. Mai urmează doar mica doză de feedback, necesară pentru orice demers novator. Ca să vezi cum interiorizează colegii de transport această experiență de o indicibilă prospețime, uită-te în jur cu un aer mândru, de erou civilizator. Afișează o satisfacție țanțoșă, de om care știe perfect ce anume le place (sau ar trebui să le placă) vecinilor. Pipăie-ți șapca trasă pe cap și asigură-te că are cozorocul la spate, așa cum cere alfabetul nesimțirii vestimentare. Iar dacă vezi cumva vreun nemernic neconvertit la religia lălăielii unsuroase și a tremurului buricoid, privește-l în ochi, molfăie zdravăn guma din gură până faci un balonaș care explodează sec și – *pour la bonne bouche* – scoate un râgâit concluziv, de canibal care tocmai s-a ospătat cu o coapsă de misionar. O să constați că mesajul astfel subliniat rămâne pe vecie în mintea receptorului.

Să spunem două vorbe și despre nesimțiții care acționează în mici falange organizate fără cusur. Ne aflăm, firește, tot în autobuz, dar la o oră târzie, când lumea a cam ajuns acasă, iar scaunele ocupate sunt mai puține decât cele libere. Acesta e momentul de grație al unui cvartet, cvintet sau sextet de inși despre care știi din clipa când se suie în autobuz că sunt – vorba unui promo TV – „antrenați pentru spectacol". Toți arborează un soi de lehamite densă, rodul unei premature dezabuzări. Sunt îmbrăcați cu niște pantaloni lălâi, cu turul la o jumătate de metru mai jos decât ar fi normal, au nelipsitele șepci pe scăfârlii, iar unul dintre ei duce în scobitura brațului un casetofon argintiu pe care-l privește tandru și posesiv, ca pe un bebeluș ridicat din cărucior pentru a fi instalat în pătuț. Numai că bebelușul are baterii și funcționează la capacitatea maximă a difuzoarelor. Cei patru, cinci sau șase nesimțiți nu s-ar auzi nici dacă ar sta strânși unul în altul, darămite răsfirați pretutindeni în vehicul.

Nu am făcut întâmplător această ultimă observație. Lăbărțarea incontinentă este un alt reflex al nesimțitului, mai ales dacă acesta acționează în grup / celulă / ceată. Doi ipochimeni se prăvălesc pe scaunele din față, alți doi iau în stăpânire mijlocul, iar restul până la șase ocupă zona din spate. Previzibil, casetofonul e plasat în zona mediană, pentru ca răspândirea lăturilor cântate să se facă fără discriminări în rândul călătorilor (de data asta puțini) prinși în ambuscadă. Mai mult, într-o asemenea demonstrație de forță nesimțitorie, parcă e păcat să stai pe scaun ca pasagerii obișnuiți. Locul trebuie ocupat cu mișcări viforoase, ca nu cumva să-ți faci de rușine îndrituirile. Așadar, nu te așeza pur și simplu. Trântește-te năprasnic în scaun. Pe urmă tolănește-te lenevos, întinzându-ți picioarele cât poți de mult, chiar dacă în felul ăsta îl tamponezi sau îl cotonogești pe imprudentul așezat pe scaunul din față.

Imediat după ce-ai obținut acest amplasament inconfundabil, pune-te pe un tropăit agresiv, care să-ți evoce recentul plonjon în universul lui Sorin Copilul de Aur, căruia te abandonaseși înainte să te sui în autobuz. Și nu pierde din vedere că picioarele nu sunt singurele care contează în acest memento sacadat și agasant pentru cei din jur. Folosește-ți și mâinile cu aceeași forță generoasă. Izbește ritmat cu palma în scaunul din față sau în bara de susținere cea mai apropiată. Iar dacă ai întâmplător o monedă la îndemână, n-o lăsa să zacă neexploatată pe fundul buzunarului. Păstrează ritmul bătând cu ea în geam, până când pasagerul cel mai puțin rezistent se întoarce și-ți atrage atenția că-l deranjezi. Dacă se întâmplă așa ceva, nu te emoționa inutil. Pasagerul e singur, pe când tu stai sub ocrotirea unei găști care abia așteaptă să-ți sară în ajutor. În condițiile astea, tratează-l cum știi mai bine: râzându-i în nas și invitându-l să-și vadă de-ale lui. În cazul în care totuși omul nu se astâmpără, ai dreptul – dacă nu cumva chiar datoria – să iei atitudine într-un mod ceva mai plastic. De pildă, printr-o flatulență percutantă și ofensivă, de natură să-i procure nemulțumitului răsfățul suplimentar al izului de iahnie prelucrată digestiv și de hidrogen sulfurat. Inutil de spus, artificiul se cere însoțit de râsete guturale, bătăi cu palmele peste coapse și eventual ridicarea degetului mijlociu.

Îți înțeleg jubilația, nesimțitule, și știu că e greu să treci peste euforia momentului. Dar nu uita că ai urcat în autobuz alături de alți campioni ai cherestelei groase și că se cuvine să profiți de prezența lor. E de neiertat să ocupi fața, centrul și spatele unui mijloc de transport în comun fără să angajezi discuții hăulite, presărate cu măscări și purtate cu vehemența vocală a majurilor ieșiți la instrucție. Nesimțiții născuți, nu făcuți, stau la câțiva metri unii de alții și înving distanța prin surplus decibelic. Întrebarea răcnită din spate trebuie să șuiere fioros pe la urechile pasagerilor nevinovați și să vibreze în aerul stătut din autobuz, înainte să ajungă la destinație. Răspunsul urmează obligatoriu același traseu, corodând nervul acustico-vestibular al celor câțiva martori la dialog. Se știe, nesimțitul nu vorbește niciodată încet. Mai țineți minte primul punct din decalog? „Fii strident. Luptă cu toate mijloacele împotriva discreției." Credeați că-i de glumă?

Fără îndoială, repertoriul nesimțitului din autobuz nu poate fi epuizat în câteva pagini. El e vast, imprevizibil și derutant. Nesimțitul e o creatură sigură pe sine, versatilă, tupeistă și sfidătoare. Scoate oricând un as din mânecă și te răpune în doi timpi și trei mișcări. Magma mojiciei lui te acoperă fără să te poți opune. Nesimțitul ca ordonator principal de zgomote este de ani buni una dintre constantele transportului public. Dar dacă insistăm prea mult pe anvergura lui sonoră, ajungem să comitem o nedreptate față de o altă dimensiune constitutivă. Este vorba de pregnanța lui odorifică, de ștampila olfactivă pe care o pune asupra traiului nostru în comun. Pe scurt, de faptul că nesimțitul român pute ca nimeni altul.

Nespuțitul călător

E inutil să creionăm tipologii ale fenomenului. Ajunge dacă spunem că agresiunea de zi cu zi a nesimțitului urât mirositor asupra celor pe care se întâmplă să-i aibă în jur e masivă, sedimentată și imposibil de ocolit. Purtătorul acestui bagaj în fața căruia nasurile intră în comă adună mai multe izuri îndoielnice și le rafinează într-un abur integrator. Dacă până acum am vorbit despre un nesimțit care *face* una și alta ca să-și sâcâie sau să-și isterizeze vecinii, de data asta ne referim la cineva care provoacă silă, greață și diverse forme de isterie tocmai fiindcă *nu face* anumite lucruri. Nu se spală, fiindcă a aflat că săpunul îi șubrezește sistemul imunologic, nu își dezlipește cămașa de pe corp, fiindcă nutrește superstiții romantice, rămâne fidel aceleiași perechi de șosete o săptămână, dacă nu mai mult, fiindcă e mai comod. Modificarea de registru este categorică, aidoma unui transfer de diateză. Accentul se pune pe refuz, pe rezistența îndărătnică, pe disprețul refractar. Cu tine, nesimțitule puturos, trecem de la freamătul mârlanului activ și locvace la încremenirea mută a unei noxe ambulante. De la zbieret la putoare. De la zdrențuirea urechilor la curbarea nasului. Care dintre aceste forme de atac e mai puternică? Greu de spus. Nesimțitul zgomotos te ia în primire fără menajamente și te înrobește fățiș. Cel care miroase se furișează insinuant în apropierea ta, speculând la maximum resursele sudoriparului autohton. Și nu doar pe ale lui.

Aici, de bună seamă, oferta te împinge în vertij. Dacă vrei să fii un nespuțit (nesimțit împuțit) cum scrie la carte, trebuie să ai acces la întreaga plajă a miasmelor care-i pot aduce pe pasageri în pragul leșinului. Căci nicăieri în lume mirosurile neplăcute nu se bucură de un dozaj mai bun ca în România. Cine nimerește lângă un nesimțit, fie el matinal sau crepuscular, îl recunoaște imediat după nepovestibila combinație olfactivă pe care o emană. Ca să se bucure de respectul nemijlocit al asistenței, specimenul care face obiectul acestor rânduri trebuie să adune în haine, pantofi, piele și păr o serie de efluvii capabile să se completeze între ele. De la caz la caz, el împrăștie fie un miros de nădușeală amestecat cu ceapă stricată, fie unul de carie netratată plus vin de buturugă, fie unul de ciorap cazon combinat cu salopetă lucioasă, acoperită de slina ultimilor ani.

Cele mai percutante senzații sunt cele care vin dinspre subsuoara nesimțitului. Neatent la concavități, nesimțitul te smulge din loc și te duce în universul lui sulfuros. Iar pentru asta e suficient să ridice brațul. Efectul e fulgerător. Cine are ghinionul să stea cu nasul la mică distanță de sursa emanațiilor simte că-i fuge pământul de sub picioare. Autobuzul se comprimă, fețele pasagerilor se lungesc ireal, pentru ca apoi să se lățească nemăsurat, totul stă sub semnul unei prăbușiri iminente. Ți-ai dori să te așezi, dar n-ai unde. Ai vrea s-o iei la fugă, dar nu poți. În secunda dinaintea colapsului, cu o ultimă sforțare, te întinzi spre geamul cel mai apropiat și-l deschizi cu o mână tremurătoare, așteptând gura de aer curat ca pe o providențială izbăvire. Ești pe punctul să eviți leșinul, însă chiar atunci mai faci o descoperire perplexantă: nesimțitul e anaerob. Crescut în disprețul pentru oxigen, te trezești că te sfredelește cu priviri crâncene și pe urmă închide geamul cu un gest net ca o sentință. „Băi, ai înnebunit, vrei să răcesc?“ Mai faci o tentativă de aerisire, mizând pe solidaritatea celorlalți călători. Asta înseamnă să trăiești pe altă lume, căci în locul sprijinului așteptat devii ținta apostrofărilor din jur. Acestea oscilează între mustrarea părintească („E corent, maică, și ne doare urechile.“), sfatul practic („Ia taxiul, nene, dacă ești așa sensibil.“) și somația apăsată („Lasă dracu' geamul ăla, că vin la tine.“).

Pentru tine, nesimțitule, toate aceste cuvinte sunt stropi de ambrozie prelinși din olimpiene cupe pe buzele-ți însetate. Ai câștigat partida. Năzurosul sclivisit, mimoza clorotică și rozătorul cu față de tocilar care au îndrăznit să-ți conteste dreptul de-a puți în spațiu închis și-au primit săpuneala meritată. Așa le trebuie, să le fie învățătură de minte. În ce te privește, micul succes de traseu se cere salutat printr-un gest simbolic. Cel mai simplu și cel mai sugestiv dintre ele e să ridici și brațul celălalt, iar apoi să te atârni de bara autobuzului ca un cimpanzeu în cușcă, lăsând să se răspândească dinspre ambele tale subsuori miasme ofilitoare și persistente. În felul ăsta, cârtitorii sunt umiliți definitiv. Nu le rămâne decât să-și ascundă nasul într-un șervețel parfumat, să alunece discret spre celălalt capăt al autobuzului (unde nu e exclus să nimerească peste una dintre nenumăratele tale cópii) sau să coboare și să aștepte un alt vehicul. Fără să-și dea seama că nu fac decât să suspende temporar calvarul, pentru a-l continua în altă companie, dar cu aceleași consecințe.

Dacă vrei să atingi excelența în nesimțire, e obligatoriu să cochetezi cu perfecțiunea. În cazul nesimțitului parfumat cu Cristian Dihor, asta presupune îmbinarea a două sau mai multe izuri la fel de neplăcute. De pildă, mirosul de transpirație merge foarte bine cu cel al danturii netratate, așa cum recolta olfactivă a șosetei lipite de picior ca marca de scrisoare se mariază simbiotic cu mireasma vinului ieftin băut pe șantier, la autobază sau în garaj. Iar dacă adaugi la toate astea un stropșor de ceapă, eventual de usturoi, poți să consideri că ai făcut pași importanți pe drumul spre consacrarea în ale nesimțirii. Fii insidios, nu vehement. Atuul tău nu este hărmălaia, lătrătura isterică sau ghiorăiala gregară, ci putința de-a te infiltra în nările celor care te înconjoară și de-a le perturba temeinic analizatorul olfactiv. Și dacă-i vezi că strâmbă din nas, răsfață-i cu un zâmbet condescendent, ca tot mârlanul stăpân pe situație. Lasă-i să fiarbă în suc propriu și nu te abate de la rețeta succesului. Continuă să puți și lumea te va ști de jupân.

Nesimțitul la volan.
Codul rutier al proastelor maniere

Ajunși aici, poate că merită să vedem cum se comportă nesimțitul când trece din ipostaza pasagerului în cea a conducătorului auto. Dacă vorbim de șoferul de autobuz, lucrurile sunt simple, fără nuanțe sau contur. Nesimțitul la volanul unui mijloc de transport în comun are resurse limitate de iritare a pasagerilor, dar le fructifică judicios. În primul rând, îi lasă să aștepte cu jumătățile de oră prin stații. Dacă se află la cap de linie, se oprește la trei metri de locul unde gloata freamătă la pândă, sub viscol, ploaie sau caniculă, și își citește imperturbabil ziarul, de la manșetă până la caseta redacțională. În trafic, fie slalomează dement printre mașini, făcându-i pe cei transportați să se ciocnească unii de alții și să se ia la înjurături, fie se plasează răbdător în spatele vreunei căruțe cu coviltir și refuză să treacă pe altă bandă. În fine, are întotdeauna la el câteva casete pe care se simte dator să le supună atenției publice. Cui nu-i place oferta n-are decât să coboare sau să-și ia mașină mică, e simplu. Alternativa e o călătorie tutelată de Naste din Berceni, Jean de la Craiova, Adi de la Vâlcea sau altcineva de altundeva.

Cu totul altele sunt îndrituirile nesimțitului la volanul autoturismului personal. Aici scoate capul un comportament dominator și trufaș. Nesimțitul care privește lumea prin parbriz se manifestă ca un suveran. Al străzii, al șoselei, al intersecțiilor. Hipnotizat de propria forță, el se simte ca eroul din poveste: lumea e a lui și trebuie să-i intre rapid în grații. Când nesimțitul se suie în mașină și o ia din loc, ritmurile cotidiene se modifică. Totul în jur obține o nouă amprentă. Carosabilul devine un spațiu al incertitudinilor răvășitoare și nici măcar strada nu te poate pune întotdeauna la adăpost. Pietonul, partenerul de trafic, agentul de circulație și toți ceilalți își dau seama că a venit vremea unei reevaluări urgente a priorităților.

Dacă vrei să fii un nesimțit rutier ancorat în realitatea imediată, la curent cu ultimele evoluții în domeniu, e nevoie de respectarea strictă a câtorva principii esențiale. În primul rând, nu uita să te comporți ca la tine pe moșie. E desuet și prostesc să te integrezi neobservat în șuvoiul care umple strada. Vocația de stăpân al asfaltului trebuie dovedită și căpoșilor care nutresc rezerve. Asta înseamnă că strada îți aparține și că în numele acestei reguli sacrosancte ți se îngăduie orice. Inclusiv (sau mai ales) ceea ce altora li se interzice. Disciplina în trafic devine, în condițiile astea, un capriciu infantil, de care nu se pot crampona decât fricoșii, conformiștii păguboși sau cei obișnuiți să danseze după cum li se cântă. Pentru tine, nesimțitule autentic, regula de bază e absența oricăror reguli. Nimeni și nimic nu te poate supune. Codul rutier își dezvăluie inutilitatea cu fiecare vocabulă componentă. Participarea ta la trafic trebuie să fie o sărbătoare a nesimțirii, un ritual greu de fixat în tipare și niciodată predictibil.

Nesimțitul la volanul mașinii personale poate fi un tânăr imberb sau un cap de familie cu impozitele la zi, o beizadea județeană sau un șef de grupă sindicală, un gigolo felin sau un aprozarist rotofei. Indiferent cum arată, de unde vine și cât câștigă, el are obligația fermă de-a nu părăsi codul proastelor maniere rutiere. Nu există nimic mai banal decât un participant docil și empatic. Virtuozitatea pe străzi, șosele sau autostrăzi se obține ieșind din corsetul normei acceptate și dovedindu-le tuturor că se află în prezența unui apaș nedomesticibil. A unui ins sedus de propria dimensiune și gata să facă prăpăd, cu piciorul înfipt în accelerație, cu mâna înfiorând erotic schimbătorul de viteze și cu buzele transformate în rampă de pe care decolează înjurături apocaliptice. Nesimțitului pe patru roți îi merge ca pe roate mai ales când observă în raza de acțiune profilul firav al unei vietăți ofensabile. Dacă se întâmplă cumva ca vietatea să fie femeie, spectacolul e garantat. Iar dacă femeia mai e și blondă, atunci invitația la mârlănie e subînțeleasă.

Din repertoriul nesimțitului rutier nu se cade să lipsească, de exemplu, atenționarea cu farurile. Ea este expresia non-verbală a unei somații fără echivoc: dă-te la o parte și lasă-mă să trec. Uneori destinatarul mesajului nu pricepe sau se face că nu pricepe, fără ca asta să-l inhibe pe nesimțit. Acesta repetă operațiunea. Numai că al doilea avertisment aduce o mică modificare de registru: aprinderea farurilor e însoțită de un claxonat prelung, amenințător. Verbalizat, el se traduce astfel: „Mișcă, fă, din calea mea, că te fac pastă de mici". Ei bine, s-o ferească bunul Dumnezeu pe blonda care și așa a comis o imprudență așternându-se drumului să nu se conformeze. Claxonul este apăsat viril, roțile scrâșnesc, farurile trec neîndurător prin caroseria din față. Fibra intimă a *macho*-ului tremură necontrolat, vestind pedepse exemplare. Nesimțitul identifică aici o formă de rezistență mută și pregătește furios represaliile. Când femeia se repliază pe banda întâi spre a-i face loc, el știe că a trece pur și simplu mai departe este o probă de indulgență nemeritată. Prin urmare, ajunge în dreptul nefericitei făpturi, coboară geamul, o săgetează cu priviri mustind de o scârbă indignată și o descoase retoric: „Ce-i, băi, parașută, ți-a luat tac-tu stradă?" Sigur, există și nesimțiți care pun un preț mai mic pe riposta verbală și preferă gestul neechivoc. Pentru ei, sancțiunea cea mai nimerită este un scuipat pieziș spre mașina de alături. Dacă demersul nu își atinge obiectivul, nimic nu-l oprește pe nesimțit să mai facă o încercare, și apoi o alta, până când stropii de salivă ajung în fine unde trebuie. Graba de dinainte se destramă, iar nesimțitul își adaptează viteza la cea a blondei temerare, pentru ca ținta luată în cătarea gurii să nu scape nepenalizată. Singura șansă a victimei este ca din spate să apară o altă măgăoaie grăbită, care să-l atenționeze pe nesimțit exact cum o făcuse el însuși cu puține clipe mai devreme.

Un caz aparte îl reprezintă nesimțitul care vrea să te mături din cale pentru ca, imediat după ce te-a depășit, să cotească pe prima străduță sau pur și simplu să tragă pe dreapta. Când îi simți farurile arzându-ți ceafa, îți spui că omul se grăbește cu un motiv anume: o întâlnire pe care riscă s-o rateze dacă nu ajunge la timp, un caz de forță majoră sau altceva asemănător. Evident, n-ai de unde să știi că ai nimerit peste un nesimțit care vede viața ca pe o cursă perpetuă, în care nu are voie să se claseze al doilea. Logica internă și freatica acestui comportament sunt de nedeslușit. Impulsurile care-l pun în mișcare pe nesimțitul din categoria cu pricina fac din el un concurent etern, un veșnic săritor peste obstacole mai mari sau mai mici. Fiecare mașină ivită în fața sa este o provocare urzită de un destin pus pe șotii, un test ce nu poate fi trecut decât cu maxilarele încleștate și cu ochii azvârlind fulgere pârjolitoare. „Dacă nu i-o iau înainte, sunt ultimul om“, iată mottoul scris pe prima pagină din cartea vieții lui. „Depășesc, deci exist“, așa ar suna crezul lui transpus în termeni cartezieni.

La polul opus se plasează nesimțitul care vrea ca toată lumea să se plieze pe lentoarea lui soporifică. Suntem tot în trafic, dar de data asta în prim-plan se ivește insul cu mișcări de crocodil la siestă. Nimic nu-l scoate din ale lui. Ar fi și greu, fiindcă dincolo de dorința de a transforma mașinile din urma lui într-un cortegiu care să-l petreacă până când catadicsește să se oprească se mai află ceva. Un detaliu pe care la început nu-l distingi. Abia când te apropii și te uiți mai bine constați că nesimțitul: 1) vorbește la telefonul mobil și nu se poate concentra asupra manevrelor rutiere; 2) caută un loc pe lângă care a mai trecut și care-i trezește amintiri duioase; 3) ia o gustare frugală la botul cailor-putere; 4) pur și simplu n-are chef să meargă mai repede. Până aici, nimic de condamnat. Dar ia încearcă să-l atenționezi că ocupă o bandă rezervată depășirilor. Fă-i semn cu farurile (discret, nu ca în cazul anterior) și-o să vezi ieșind pe geam o mână cu degetul mijlociu ridicat ca un miniobelisc al sfidării. Insistă și-o să te trezești că frânează, pune mâna pe bâta de baseball pe care-o are alături și iese să te-ntrebe de sănătate. Căci, să nu omitem amănuntul, nesimțitul care pleacă la drum trebuie să țină permanent la îndemână un instrument de otânjire a contestatarilor. Și să nu pierdem din vedere că specia în ansamblu se crede îndreptățită să nesocotească regulile, cutumele și deprinderile firești cu o suverană indiferență. Nesimțitul la volan se inspiră fără să știe din declarația de toleranță gravată pe abația thelemiților lui Rabelais: *Fais ce que* *voudras.** Îi este permis totul și în primul rând ceea ce el însuși le-ar interzice ferm celorlalți.

Pe de altă parte, bunăvoința în trafic este pentru nesimțit o noțiune vetustă și ridicolă. Un capriciu arhaic, o goangă revolută, o fandoseală nesărată. Într-un timp când fiecare secundă contează – căci *time is money* este mantra începutului de mileniu –, numai o formă subtilă de paralizie a centrilor nervoși poate explica atitudinea curtenitoare a demodaților irecuperabili. Ce altceva îl poate face pe un bărbat altminteri în bună regulă să facă loc pe o stradă principală cuiva care așteaptă cuminte un semn de milostivire ca să se poată încadra? Doar o boală nedeclarată sau o regretabilă neputință de adaptare la nevoile clipei. Trebuie să fii foarte prost alcătuit ca să cedezi atât de jalnic și să te lași devansat. Din fericire pentru el, nesimțitul e imun în fața acestui virus răvășitor. Când te vede așteptând undeva în lateral, trece pe lângă tine cu o liniște interioară deplină. Își spune cel mult ceva de genul: „Dacă ăla din spatele meu e tont și te lasă, treaba lui. Cu mine nu-ți merge“. În cazul în care mașinile așteaptă la semafor, iar șoferul răbduliu sesizează că acum e momentul să încerce breșa, nesimțitul reacționează imediat. El avansează cu un metru, pentru simpla plăcere de-a te vedea blocat. Aparent, nu are nimic de câștigat. Ar fi putut să te lase fără să piardă nimic. Semaforul e tot pe roșu, iar de circulat se circulă infernal de lent. Însă cel puțin are

---

* Fă ce poftești.

satisfacția că ți-a tras clapa și te-a lăsat să-ți blestemi mai departe neputința. Fiindcă nesimțitul știe să aprecieze și succesele mărunte, mai cu seamă când sunt repurtate în public, în văzul atâtor și-atâtor oameni.

Studii de ultimă oră arată că nimeni din lume nu se compară cu nesimțitul român în ceea ce privește arta mersului pe contrasens. Nici măcar în țările unde codul rutier strălucește prin absență nu ai parte de spectacole comparabile cu demonstrațiile de forță și curaj ale șoferului carpatin. Bineînțeles, pentru asta e nevoie și de un echipament pe măsură. Nu poți să forțezi convențiile rutiere la bordul unui Trabant. Nu ai cum să bombezi pieptul comprimat într-un Lăstun. Nu te respectă nimeni dacă le râzi în nas celorlalți ascuns într-un Tico. Nu, nu, de trei ori nu. Nesimțitul năvălește pe contrasens de la înălțimea confortabilă și disprețuitoare a jeepului, cu motorul torcând autoritar și boxele bubuind frenetic. De altfel, inflația de matahale 4 x 4 Mitsubishi, Nissan, Toyota etc. a permis rebotezarea mândrei noastre țărișoare cu un nume oriental și aluziv, mirosind a trecut îndepărtat. Căci dacă Japonia de demult se numea Cipango, România de azi a devenit Jeepango. Un spațiu unde insinuarea pe contrasens e semnul de castă al unei pături mai egale decât egalii.

Aici, nesimțitul dizolvă totul în febra lui de a fi altfel. El e mânat în viață de comandamente care nu-i permit statul în coloană. Uneori fără zgomot, alteori însoțit de emisia sonoră a unui girofar procurat pe căi suspecte, nesimțitul alege contrasensul cu siguranța celui care știe că riscul nu e al lui, ci al celui care circulă normal și se vede amenințat de iminența impactului. Nepăsător și rece, el o ia înaintea celorlalți pentru că nu suportă să fie al cincisprezecelea care așteaptă să se ridice bariera. Vrea să fie primul, astfel încât imediat după trecerea trenului să-și continue zborul la joasă înălțime. Așa că dublează senin coloana, i se așază în cap, trage un pic de volan spre dreapta, se lasă calm în scaun și se uită mândru în oglinda retrovizoare. Nimic, nici un semn de revoltă din partea celorlalți. Atât le-ar fi trebuit. Le-ar fi arătat el. Lucrurile se petrec identic pe drumurile în lucru, unde semafoarele asigură deplasarea alternativă pe cele două sensuri. Iarăși coloane, iarăși nervi. Nesimțitul taie nodul gordian al așteptării, copiind până la ultima silabă rețeta de la barieră. Și chiar are timp să compătimească prostimea disciplinată pentru felul cum se lasă călcată în picioare de niște reguli pe cât de restrictive, pe atât de caraghioase.

Sigur, e ușor să-l observi pe nesimțit în multiplele lui ipostaze rutiere. Câtă autoritate degajă, bunăoară, șoferul care te vede alergând spre autobuz cu două plase grele și îți închide ușa tocmai când te pregăteai să te urci! Ce mândru trebuie să se simtă proprietarul unei decapotabile de ultimă generație când te vede pe trotuar, accelerează prin bălțile de pe stradă și te stropește din cap până-n picioare! Cum îi fierbe sângele în vine celui care, strunindu-și semeț bolidul pe autostradă, azvârle din încheietură un ambalaj de FishMac, o doză de Pepsi sau pamperșii proaspăt murdăriți ai copilului, pe care preabuna lui mamă, așezată pe bancheta din spate, tocmai i i-a înlocuit cu alții curați! Ce mare e diferența între prelingerea noastră umilă prin lume și defilarea lui trufașă, decisă și nepoticnită! Și cât de plină de învățăminte ni se arată vecinătatea unui asemenea specimen!

Nesimțitul feroviar

Pentru cei tentați să creadă că nesimțirea ambulantă se manifestă doar pe străzi, șosele și autostrăzi, o veste proastă: nici deplasarea cu trenul nu e scutită de primejdii. Nesimțitul feroviar interpretează o partitură diferită de cea a omologului rutier, însă efectul este în general aceleași: indispunerea celor din jur. Șansele de succes ale acestui tip de nesimțit sunt considerabil mai mari aici, fiindcă timpul lucrează pentru el. Dacă un drum cu autobuzul durează uneori un sfert de oră, călătoria cu trenul se poate întinde de la două până la zece ore. Mai mult, variantele de evadare ale victimei sunt practic inexistente. Din troleibuz, din tramvai sau din metrou poți să cobori și să-l aștepți pe următorul (chit că nu-ți garantează nimeni că n-o să ai parte de un alt nesimțit). Odată urcat în tren însă, ești la discreția celui care ți se așază alături, vizavi sau pe diagonală. Și nu trebuie să fii redutabil în materie de calcul al probabilităților ca sa-ți dai seama că e implauzibil să ajungi la destinație nevătămat.

Cea mai frecventă și totodată cea mai plastică uvertură a nesimțitului feroviar este descălțatul. Ea nu precedă salutarea eventualilor pasageri din compartiment, ci o înlocuiește. Firește, e deplasat și ridicol să ți se pretindă să le dai bună ziua celor pe care-i găsești deja instalați la locurile lor. Cum Doamne iartă-mă să te adresezi cuiva pe care nu l-ai văzut niciodată în viață? În schimb, lepădarea de încălțări e o formă cordială de spargere a gheții, un artificiu simplu, prin care institui un climat familiar, prietenesc. Experții acestui gen de comportament recomandă ca între așezarea pe scaun și descălțare să nu treacă mai mult de zece minute. Îți aranjezi bagajul undeva deasupra, scoți teancul de ziare sau integrame care-ți asigură confortul intelectual până la coborâre, te uiți pe câteva titluri, te întinzi comod, preluând o bucată din spațiul vital al celui din față, și treci la fapte. Cu ochii contemplând indiferent peisajul ce își schimbă contururile în viteza trenului, îți ieși din papuci la propriu. Nu e nevoie de aplecări bruște sau de mișcări solicitante. Totul trebuie să se petreacă agale, firesc, învăluitor și inexorabil. Vârful pantofului stâng împinge cu o subtilă insistență călcâiul pantofului drept, până când piciorul se eliberează din nemeritata strânsoare. Urmează o scurtă pauză în care ai grijă să-ți miști nițel degetele în ciorap, ca să le dezmorțești în vederea secvenței următoare. Apoi repeți operațiunea, cu șoseta de o culoare incertă presând rugător tocul pantofului care încă nu a fost evacuat. În mod normal, totul trebuie să se petreacă în intervalul a treizeci de secunde. Odată încheiată și a doua manevră, efectuează din nou exercițiul de relaxare tarsiană, ca să nu compromiți simetria.

Și aici e nevoie de o grijă pedantă pentru detalii. Ritualul descălțării în tren își pierde din pregnanță dacă nu e pregătit cum se cuvine. N-are nici un haz să te descalți dacă ai șosetele curate sau întregi. Nesimțitul feroviar nu-și permite să rateze un act care, în mod normal, produce urmări imediate. Martorii siderați ai spectacolului trebuie să vadă și în egală măsură să simtă că ți-ai dat jos pantofii. E la mintea cocoșului, așadar, că ciorapii arătați partenerilor de drum trebuie să fie rupți, găuriți și să miroasă a dormitor cazon după trei zile fără apă la robinet. Se recomandă stăruitor folosirea șosetelor flaușate, care se împut mai repede decât celelalte, mai ales pe timp de vară. Pentru un frison suplimentar, se poate merge și la amănunte răsplătitoare pentru tine și vexatorii pentru cei din jur. De pildă, prin gaura din dreptul degetului mare e bine să iasă măcar o parte dintr-o unghie netăiată de săptămâni întregi și tivită cu o dungă negru-verzui. Asta arată preocupare pentru standarde și consecvență în aplicarea rețetelor. Un nesimțit care nu se îngrijește de acește lucruri doar aparent neimportante mai are de învățat.

Încălțările în sine se cer alese cu grijă pentru un asemenea demers. Dacă vrei ca impactul asupra celorlalți să fie dărâmător, nu te angaja pe calea de mijloc. Nu legăna nădejdea naivă că poți să te încalți oricum, fiindcă urmările vor fi aceleași. Asta e o prostie, iar prostia se plătește. Un pantof din piele veritabilă, normală sau întoarsă, poate să-ți joace feste. Riști să te trezești că te descalți și că nările celorlalți pasageri nu freamătă, nu se astupă și în general nu dau de știre că au luat la cunoștință. Nu-i păcat? Te-ai ostenit de pomană și – mai grav – te-ai compromis iremediabil în ochii celor care aveau cu totul alte așteptări de la tine. Vrei să mergi la sigur? Atunci alege o pereche de adidași din imitație de piele. Folosirea lor, combinată cu șosetele pe care nu le-ai mai schimbat de o săptămână, asigură consecințe inubliabile. O să vezi că nici măcar controlorul, om expus atâtor și-atâtor întâmplări neprevăzute, nu se încumetă să deschidă ușa unui compartiment din care pândește o asemenea capcană biologică.

Cum nesimțitul e până la urmă tot om, deși mulți s-ar grăbi să contrazică această afirmație, se pot observa și în cazul lui mici ierarhizări tipologice. Bunăoară, nesimțitul timid, încă nesigur pe armele și mijloacele lui, își ascunde picioarele sub scaunul pe care-l ocupă. Nu avem ce face și trebuie să-i acordăm circumstanțe atenuante. Probabil că omul e la început de drum și încă n-a obținut dozajul optim de tupeu și mojicie. E nevoie de timp și de nițică rutină. Lăsat să se perfecționeze, eventual îndrumat de un mentor în ale nesimțirii, el va atinge nivelul dorit și își va modifica fără îndoială și atitudinea. Spre deosebire de el, nesimțitul versat posedă nonșalanța sublimă a extrovertitului. În situația lui, descălțarea e urmată în mod natural de întinderea picioarelor până sub scaunul pasagerului din față. Mișcarea trebuie să aibă fluiditate și naturalețe, semn că ne aflăm în prezența unui ins care cu greu mai poate fi meditat la acest capitol.

O categorie aparte este cea a nesimțitului colindat de ispita sfidării. Acesta simte nevoia să improvizeze năvalnic, vrând totodată să sondeze și psihicul celui asupra căruia își concentrează atenția. El respectă la centimă ritualul lepădării pantofilor și pe urmă își cocoață picioarele direct pe bancheta din față, la puțini centimetri de pasagerul așezat în dreptul lui. Dacă pasagerul cu pricina e o femeie, inventivitatea nesimțitului mai urcă o treaptă. Căci în cazul ăsta un picior (eventual cel cu șoseta găurită la vârf) poposește în dreapta ei, pe când celălalt (prin al cărui ciorap, observăm abia acum, iese o bucată de călcâi crăpat) i se instalează de-a stânga. Astfel, ocupanta locului fatidic are impresia că filmează fără avertisment un *remake* după *Tentacule*, varianta flaușată.

De aici încolo, e vremea urmărilor. După momentele de consternare inițială, vecinii de compartiment ai nesimțitului dau primele semne de viață. Nările se strâng asuprite, nasurile se strâmbă haotic, gurile se pungesc veșted, ochii ies neîncrezător din orbite, sprâncenele se arcuiesc în circumflexuri interogative. Mica incintă e blocată într-o mefiență mută, căci nimănui nu-i vine să deschidă gura primul. Ăsta e un alt punct forte al nesimțitului:

inferior numeric, el surclasează dezinvolt majoritatea, fără ca aceasta din urmă să găsească resurse pentru ripostă. Bărbați sau femei, pasagerii dau impresia că au căzut victimă unei contagiuni imposibile: deviația de sept cauzată de mirosul emanat de textilele lipicioase și nocive. Prin toți cei de față trece sfredelul unei curiozități șocate. Ce poate explica un asemenea tupeu? Cum își permite sconcsul cu chip de om să atenteze la sănătatea celorlalți? Și de ce Dumnezeu n-a catadicsit să împlinească ritualul unei atât de necesare abluțiuni înainte de-a se sui în tren?

Câtă inocență! Doar un neavizat se mai poate pierde în întrebări care nu duc nicăieri. O altă caracteristică de căpătâi a nesimțitului este sustragerea de sub povara normei cuviincioase, iar ceea ce este valabil pentru nesimțitul din autobuz are exact aceeași relevanță pentru exponentul feroviar al categoriei. Nesimțitul are microbul contrarierii în sânge. Îți face exact ce nu ți-ai dori, când nu ți-ai dori-o. Posedă un al șaselea simț care-i spune când anume e cel mai bine să se producă și știe că instinctul ăsta nu l-a trădat niciodată. În preajma lui, argumentul se ofilește, ideea gata de rostire se oprește crispată pe buze, iar nedumerirea stearpă își face loc cu râvna unei cârtițe ce-și sapă galeria după planuri doar de ea știute.

Când poluantul odorific începe să le inducă pasagerilor senzația de pre-leșin, cel aflat mai aproape de geam recurge la soluția disperată. El trage de mânerul geamului, animat de speranța unei guri de aer întremătoare. De obicei, în clipa asta se produc două lucruri. Fie geamul e înțepenit și nu se deschide, fie operațiunea e jugulată brutal de nesimțitul însuși, care acuză – și de data asta – curentul. Dacă-ți duci mâna la nas și te strâmbi, ca să-i dai de înțeles că pute, îți răspunde tot printr-un gest. Mâna lui se îndreaptă spre propria ureche, în care abia în clipa aceea observi că se zărește ceva alb, care blochează timpanul. E micul tampon de vată care asigură protecția auriculară. Căci nesimțitul e pe deasupra și ipohondru, iar vocea rațiunii nu are nici o șansă de-a se face auzită. Duhoarea din compartiment urcă spre doza letală, însă nesimțitul tot nu se înduplecă. „Ce-i, frate, vrei să fac otită?“, se zborșește el dacă încerci să-i explici binefacerile aerului curat. „A, ești boier? Ai nasu' fin? Păi atunci cumpără, nene, tot compartimentu' și n-ai decât să stai cu geamu' deschis pân' la loc comanda.“ E inutil să-i semnalezi nesimțitului fractura logică și să-i spui că în cazul ăsta, dată fiind absența lui din peisaj, n-ar mai fi nevoie de o ventilare atât de viguroasă. Lupta a fost câștigată clar de nesimțit. Resemnați și cu batista la nas, pasagerii de pe celelalte locuri îl fixează cu o solidaritate îndurerată pe frondeurul care a încercat mutarea de răspuns și se străduiesc să facă abstracție de miros. Iar nesimțitul trece satisfăcut la prima porție de integrame, știind în sinea lui că a respectat cu sfințenie punctul 9 al decalogului. Mai țineți minte? „Convinge lumea să se plieze pe setul tău de non-valori. Nu accepta compromisuri.“

În funcție de căldura din tren, pot exista, firește, și alte lejerități vestimentare. Nimic nu-l oprește pe nesimțit să-și dea jos cămașa, de exemplu. Faptul că la cincisprezece centimetri de el subzistă asfixiată de indignare o femeie nu-l inhibă. Dimpotrivă. Nesimțitul se simte întotdeauna stimulat de stupoarea celorlalți. În cazul acesta, debarasarea de cămașă face posibil accesul direct al privitorului la un articol de îmbrăcăminte cu profunde reverberații în mentalul masculin al românului. Este vorba de maioul cu găurele, o delicatesă de garderobă care îmbracă rotunjinile ventrale într-o teacă perforată prin care iese ba un coș nestors, ba un fir de păr rebel, ba un neg discret ca o stafidă și închis la culoare ca o căcărează. Maioul cu găurele este infinit mai mult decât un accesoriu drag inșilor care se respectă. Textura lui inconfundabilă îl transformă în instrument de legitimare. Cine poartă așa ceva e bărbat în adevăratul sens al cuvântului, nu un fătălău nătâng sau dilematic. Și cum lenjeria de corp e de multe ori expresia personalității celui care o îmbracă, poți conchide fără să greșești că purtătorul maioului cu găurele e un individ cu gusturi bine definite, păreri răspicate și comportamente ce țin de armonia imediată.

Unul dintre gesturile la care nesimțitul feroviar apelează aproape din inerție este scobitul în ureche. Dar, atenție, dacă ții la etichetă, nu împlinești acest ritual explorator când trenul intră în tunel și nu te vede nimeni. Pariul unei asemenea sondări constă tocmai în natura lui fățișă. Cei care stau lângă tine trebuie să simtă că *pentru ei* faci lucrul ăsta. Căci nesimțitul e generos cu propriile descoperiri și ține să facă lumea întreagă părtașă la savoarea și farmecul lor. Și chiar dacă vrei să te opui, te lămurești în câteva clipe că n-ai sorți de izbândă. Lumina zilei e prea puternică, iar gesticulația nesimțitului prea limpede ca să încapă loc de sustrageri furișe. Așa stând lucrurile, și contrar propriei voințe, ochii îți sunt atrași magnetic spre zona unde se împlinește ritualul scobitului.

Dacă ești un nesimțit cumsecade și vechi în ale meșteșugului, știi din capul locului că demersul tău de cercetare a propriei anatomii nu se face oricum. Scopurile precise reclamă mijloace pe măsură. Doar un cârpaci nevolnic va scoate din buzunar bețigașul cu capetele învelite în vată, găsibil la orice farmacie, banal și fără putere de sugestie. Unealta optimă pentru o atare operațiune este degetul mic al mâinii nesimțitului, dotat, firește, cu o impunătoare unghie lăsată să crească patru-cinci centimetri. (Pentru nesimțiții care încă orbecăie, degetul mic e plasat periferic, alături de cel pe care se află ghiulul cât o sarma de post.) Abia după ce va fi trecut acest criteriu, inserția metacarpiană se va produce plenar, cu efectele scontate. Degetul se introduce hotărât în ureche, iar prelungirea lui cornoasă forează temeinic, în spirale precise ca incizia de bisturiu, pe durata a treizeci-patruzeci de secunde. Pe urmă au loc extragerea degetului și studierea lui cu un ochi de specialist. Recolta de cerumen din vârful unghiei se cere privită detașat, cu o curiozitate bine controlată, de entomolog care descoperă o specie rară de fluture în peisajul luxuriant al junglei ecuatoriale. Foarte important, n-ai voie să le întorci spatele celorlalți și să păstrezi doar pentru tine magia indicibilă a ceea ce ai găsit. Vecinii au tot dreptul să vadă și ei. Dacă tot ți-au sorbit din ochi baletul vestibular, nu-i dezamăgi. Nu le răpi o plăcere atât de scurtă, la un drum atât de lung. Prin urmare, ține degetul proaspăt extras din afundurile moi ale urechii drept, la vedere, ca pe un pahar de colecție căruia încerci să-i depistezi o cât de mică imperfecțiune. Rămâi așa câteva secunde, până când toți cei din compartiment vor fi avut prilejul unei holbări fructuoase. Pe urmă scoate-ți cerumenul de sub unghie, cocoloșește-l meticulos și aruncă produsul astfel obținut, preferabil pe pantoful doamnei așezate pe diagonală, care oricum îți dorește moartea încă de când ai deschis ușa vagonului. Odată încheiată secvența, fă o pauză scurtă, recuperatoare, iar apoi pune-te din nou pe treabă. E imposibil să nu mai fi rămas ceva în firidele ce străjuiesc accesul spre ciocan, nicovală și scăriță.

Puiul de nesimțit călător

Un caz aparte îl scoate în prim-plan pe nesimțitul care nu-ți face viața amară de unul singur, ci trăgând după el un copil. Pentru o desfășurare corectă a ritualului nesimțirii, e nevoie ca micuțul să îndeplinească un set de condiții minime. Să fie răzgâiat, să urle ca un bezmetic cu jumătățile de oră, să ceară totul plângând până-ți încrețește carnea și – peste toate – să se înfrupte dintr-o hrană consistentă. Un sandviș cu maioneză, un croissant cu ciocolată sau alte alimente care să lase urme de îndată ce mânuța murdară se sprijină pe pantalonii albi ai bărbatului care citește o revistă, pe *deux-pièces*-ul sobru al tinerei directoare de vânzări care din tren se duce direct la un seminar cu participare internațională, pe rochia elegantă a doamnei care se uită visătoare pe fereastră. Puiul de nesimțit e chemat să probeze că peste ani va putea face pe cont propriu și neînsoțit ravagiile pe care le seamănă astăzi sub supraveghere părintească.

Să nu aveți emoții. În zece cazuri din zece, randamentul țâncului e superlativ. Piticul are un *modus operandi* greu de îmbunătățit, care vine din valorificarea superioară a calităților native, combinată cu permisivitatea deplină a tatălui sau a mamei. Astfel, primul sfert de oră de călătorie trebuie consumat într-o deplasare neîntreruptă de la un capăt la altul al compartimentului, când tălpile micului ucenic fac cunoștință cu bombeurile celorlalți pasageri. Orice reproș – sfios sau ferm – din partea victimelor se repercutează violent asupra lor însele. O întrebare formulată cu toate precauțiile necesare – „Vă rog, n-ați putea să-l potoliți, o să obosească, deja a transpirat?“ – ricoșează imprevizibil din cheresteaua genitorelui, făcându-l să-și iasă din pepeni. „E copil, cucoană, mata n-ai fost copil? Ce, te-ai născut gata mare?" În cazul în care „cucoana" are nefasta inspirație să spună că vârsta fragedă și buna creștere nu se exclud reciproc, asupra ei se abate o vijelie cotropitoare, care o silește să redevină retractilă. „Bine că ești mata crescută, ce să zic. Astea-s comunisme de pe vremuri, mamaie. Gata, l-am împușcat pe Ceaușescu, mai lasă-ne cu predicile și vezi-ți de ciorba ta. Ia uite la ea."

Între timp, copilul nesimțitului își continuă patinajul pe pantofii pasagerilor. Compartimentul e suficient de îngust pentru ca nimeni să nu se poată feri din calea furiei lui plimbărețe. Cât despre ostilitatea ce se poate ghici din privirile celor agasați după doar trei minute petrecute în compania răzgâiatului, ea rămâne fără urmări. Plodul mai merge cât mai merge, după care modifică tactica de joc. Organismul își cere drepturile. Tropăitul isteric din ultimele minute a însemnat consum de calorii, așa că acum nimic nu i-ar prinde mai bine nesuferitului decât ceva dulce. Asta se obține prin somarea crâncenă, pe bază de răcnete descreierate, a părintelui. „VLEAU CIOCOOOO!!!! CIOCO, N-AUUUUZI???!!! CIOCOOOOOOOOOO!!!!!!!!!!!!" Însoțit de suspinele excedate ale pasagerilor, tatăl se conformează apatic și scoate din bagaj o ciocolată pe care i-o întinde complice odorului. Piticania se pune pe molfăit, după care, din senin, pufnește într-un râs salivar, care împroașcă stropi maronii pe hainele vecinului de scaun. Ofuscat, acesta vrea să încerce o punere la punct, dar privirea metalică a tătânelui blochează inițiativa la fel de eficient ca un boicot parlamentar al opoziției. Iar dacă reformatorul tot nu pricepe, nesimțitul patern își descleștează maxilarele și-i șuieră de la obraz: „Îți pui mintea cu el? Nu vezi că-i mic? Mata n-ai copii acasă? Și? Așa ți-i crești, cu joarda?"

Stimulat de ocrotirea părintelui, copilul se linge lasciv pe degete, iar pe urmă și le șterge fie de perdeaua care se mișcă ușor lângă geam, fie pe postavul scaunului, fie direct pe îmbrăcămintea pasagerului care-i inspiră cea mai mare încredere. Tatăl îl privește mândru și face ochii roată, spre a vedea dacă entuziasmul lui e împărtășit în restul compartimentului. Însă deja se aud murmure. Bărbatul care se căznea să ducă la bun sfârșit citirea articolului despre ultima iubită a lui Chivu iese din letargie și are un moment de răzvrătire. „Asta-i nesimțire, dom'le. Da' ai naibii grijă de el, că până ajungem ne vopsește pe toți." Nesimțitul apostrofat atât de ferm stă pe gânduri câteva secunde, chibzuind asupra unei replici mușcătoare. În cele din urmă, se decide pentru un mic pas înapoi. „Hai, mă, la closet, să te spăl pe mâini", își îndeamnă el progenitura, având grijă să încheie într-un aparteu semiexplicit: „'r-ați ai dracu' de securiști".

Acesta e doar unul dintre scenarii – nici pe departe cel mai rău posibil. Nesimțitul care își ia copilul în călătorie îl poate întrebuința și pe post de arteziană de poezii. Evident că nimeni din compartiment n-are chef să asculte *Cățeluș cu părul creț* sau *Somnoroase păsărele*, dar părintele nu se împiedică de asemenea mofturi. El ține să-ți arate că și-a crescut odrasla în respect pentru cultură și te bombardează cu strofe lălăite pițigăiat, cu mâinile împreunate în față, cu ochii iscodindu-te scormonitor. La sfârșitul primei poezii, ai ocazia să constați că, indiferent de reacția pe care o ai, urmările sunt neplăcute. Dacă nu te declari extaziat, nesimțitul simte nevoia să-i acorde puștiului șansa reabilitării și-l îndeamnă să repete supliciul. Dacă-ți mărturisești, ipocrit, încântarea, cu nădejdea neghioabă că în felul ăsta scapi mai repede, îl bate încurajator pe umăr și-l invită să efectueze bisul pe care simte că-l meriți din tot sufletul.

Acestea sunt câteva dintre fațetele nesimțitului care merge cu trenul. Există și altele, firește. Să evocăm, fie și în treacăt, personalitatea granitică a nesimțitului care ia rapidul și trage semnalul de alarmă ca să coboare în halta unde în mod normal nu era prevăzută staționarea, întârziindu-i pe ceilalți pasageri cu o oră. Să nu uităm de expresia apatic-sfidătoare a celui care se așază pe locul tău, deși n-are bilet acolo (uneori n-are bilet pur și simplu). Să nu-i pierdem din vedere pe cei care au bilet pentru un loc și bagaje pentru tot compartimentul. Aceștia se urcă în tren imediat după tragerea lui lângă peron și ocupă integral spațiul destinat geamantanelor și sacoșelor. Ghinioniștii care se suie după ei și au la rândul lor bagaje trebuie să știe că-i așteaptă o confruntare îndârjită, în care pleacă la drum cu șansa a doua. Să nu ne facem că nu știm de cei care se așază pe papornițe pe coridor și refuză să se ridice și să te lase să ieși din compartiment. Să ne înclinăm umil în fața celor care își fac nevoile când trenul e oprit în gară. Să-i ținem minte pe cei care umplu spațiile de trecere cu bagaje și pe urmă pleacă la vagonul restaurant. Și în orice caz să-i pomenim măcar acum, la final de capitol, pe cei capabili să repurteze cea mai picantă victorie a unei călătorii cu trenul: șterpelirea sulului de hârtie igienică de la toaletă.

nesimțitul la bloc

Blocul, adică fagurele locativ în care trăiesc adeseori mai mulți trântori decât albine, oferă experiențe marcante în materie de nesimțire. Căci așa cum nu-ți alegi părinții sau neamurile, tot așa ești neputincios când vine vorba de vecini. Aici destinul poate să-ți joace renghiuri sinistre, în fața cărora rămâi cu mâinile legate. Îți e permis doar să te miști pe o scară a sentimentelor unde la un capăt se află furia clocotitoare, iar la celălalt blazarea melancolică. Locatarul de la bloc, denumit și „blocatar“ de floretiștii rafinați ai vorbelor, este o alcătuire greu de încadrat și cel puțin la fel de greu de priceput. Iar viața la bloc, apreciată cândva drept culme a modernității, a devenit, sub acțiunea nesimțitului, o corvoadă dominată de teroarea peretelui comun. În aceste condiții, vecinul a încetat să fie aproapele empatic, seamănul pe a cărui solicitudine te poți baza când ești în impas, și a luat chipul unei viețăți zgomotoase, invazive și impertinente. Lucrurile arată cu atât mai descurajant cu cât traiul în micile compartimente de beton e o condamnare pe termen lung, de obicei fără posibilitate de cauțiune. Căci dacă în tren sau în autobuz compania unui nesimțit se întinde pe durata câtorva zeci de minute sau a cinci-șase ore, la bloc ai de ispășit o pedeapsă care se numără cu deceniile. Și de foarte multe ori sentința e una pe viață.

Printre determinările imuabile ale nesimțitului de la bloc se numără capacitatea de a se face văzut și auzit când ți-o dorești mai puțin. Personajul în cauză crede neabătut în punctul doi din decalogul prezentat înainte de primul capitol al cărții: „Nu te gândi la ceilalți. Fii egocentric." Călăuzit în permanență de acest îndemn, nesimțitul de la bloc este un năvălitor care îți confiscă spațiul vital, te supune neînduplecat și te silește să capitulezi. Fapt interesant, el acționează foarte rar pe cont propriu. De cele mai multe ori, în spatele lui stă solidaritatea de palier, de coloană, de scară sau chiar de bloc. Nu trebuie să fii savant ca să deduci explicația. Mai devreme sau mai târziu, cei mai mulți dintre locatarii unui bloc devin actanți în ritualul nesimțirii. Or, cum ar putea un vecin cu capul pe umeri să înfiereze ceea ce el însuși va îndeplini la un moment dat?

Poate că trăsătura fundamentală a acestui tip de personaj este surpriza. Capacitatea de-a acționa pe nepusă masă. Dezinvoltura intervenției neașteptate în ritmurile tale firești. Nici un nesimțit care ține la rang nu te previne că are de gând să-ți facă viața amară. Ți-o face și gata. Bruschețea manifestărilor și atitudinea neprevenitoare aparțin recuzitei obligatorii. În plus, e un nonsens să-i spui cuiva că urmează să-l deranjezi. Agresiunea anunțată este o invitație la un act ratat. Dacă victima descoperă o soluție de salvare și scapă din năvod? Dacă se sustrage? Dacă evită ambuscada? Nu-i mai mare păcatul? Nu ajungi de râsul celorlalți?

Nesimțitul la el acasă

Una dintre cele mai vii forme de manifestare a nesimțirii se leagă de reparațiile în apartament. Aici poate intra, de pildă, înlocuirea gresiei și a faianței la momentul cel mai nepotrivit – de pildă, imediat după Duminica Paștelui. Sau parchetarea în a doua zi de Crăciun. Nici 1 ianuarie nu e o zi ferită de riscuri. Atunci, bunăoară, se pot înlocui cada și caloriferele. În fond, dacă englezii au etapă de fotbal în prima zi a anului, de ce n-ar putea și nesimțitul să-ți franjureze nervii bocănind sistematic de la începutul la sfârșitul minivacanței pe care ai așteptat-o atâta vreme? Reparațiile compun revanșa sonoră pe care nesimțitul și-o ia în fața mimozelor care mai cred în orele de liniște sau în fața minoritarilor care încă n-au aprofundat codul proastelor maniere. În clipa când nesimțitul se decide să-și refacă bârlogul din BCA în care-și duce zilele, prima condiție este oprirea apei fără să prindă nimeni de veste. Poate că satisfacțiile acestui gest nu sunt spectaculoase, dar chiar și așa, manevra merită efectuată. Nesimțitul care prețuiește nuanțele știe cu siguranță să se bucure de micul impas pe care-l produce inițiativa lui printre vecini. În mintea lui prinde contur imaginea fandositului de la parter, care a rămas pe uscat tocmai când se spăla pe cap, a pupezei cu nasul pe sus de la doi, care încerca să curețe o chiuvetă doldora de vase murdărite de musafirii din ziua precedentă, sau a aroganților de la ultimul etaj, care tocmai aveau de gând să-i facă baie copilului. Vecinul expus astfel, cu clăbuci în păr, săpun în ochi și sudalma pe buze, asigură un spectacol înălțător.

Odată depășită etapa inițială, dragă nesimțitule, totul merge șnur. Sigur, pentru ca victoria ta finală să fie fără dubii, e nevoie să-ți alegi corect instrumentele și să te oprești la ce e mai bun. Asta include toate sculele, utilajele, uneltele și dispozitivele capabile să declanșeze apocalipsa decibelică. O reparație în care nu se face tărăboi e un nonsens. Dacă vrei ca lumea să te țină minte, nu umbla cu jumătăți de măsură. Chiar dacă simpla găurire a unui perete îi face să tresară pe toți vecinii, nu te culca pe o ureche. Realizările de anvergură nu sunt posibile fără o pregătire atentă și fără colaborarea unor specialiști verificați.

Aici intervine priceperea echipei de meșteri la care apelezi. Căci așa cum pompierul somat să stingă un incendiu începe prin a inunda incinta pe care e chemat s-o salveze, tot așa muncitorul angajat pentru reparații exaltă virtuțile fonice ale meseriei. Un lucrător avizat va ști că patentul sau ciocanul nu se pune pe podea, ci se trântește. I se dă drumul ca din pod. Măsura e valabilă pentru toate instrumentele de care ai mai mare sau mai mică nevoie. De la ciocan la șurubelniță și de la burghiu la cleşte, totul trebuie lăsat să cadă greu și de sus, pentru ca vecinii să știe că te-ai pus pe treabă. Muzica dodecacofonică a meşterului se cuvine să fie neîntreruptă, vehementă și implacabilă. Locatarii din jur trebuie aduși la disperare și ispitiți de gânduri ucigașe. Dacă totul se desfășoară conform planului, până și cel mai pașnic dintre ei va găsi resurse să promită o răzbunare teribilă cu prima ocazie. „Păi nu-mi pun eu termopane? Să vezi atunci distracție. O să vă pară rău c-ați venit pe lume, fi-v-ar nașterea de râs."

Nici o reparație nu are haz dacă nu e precedată de bubuieli îndesate, vreme de două-trei ceasuri, și de găurirea metodică a celor mai rezistente materiale de construcție. Iar dacă dărâmarea pereților nu figurează în program, ea poate fi suplinită de alte activități, cu condiția ca nivelul de zgomot să-i facă pe vecinii nevinovați să-și blesteme zilele. Pentru ca mulțumirea ta să fie deplină, nesimțitule, geamurile trebuie să zornăie, lustra să tremure, pereții să vibreze, parchetul să geamă, iar ușile să zbârnâie neliniștitor. Când declanșezi ostilitățile, toți ceilalți se simt periclitați. Ei nu mai sunt în siguranță nicăieri. Au sentimentul că au nimerit în toiul unui război pe care nu-l merită și ale cărui victime colaterale vor deveni, fără posibilități de împotrivire.

Pentru ca această experiență să rodească după așteptări, e bine ca lovitura de începere să fie dată în weekend sau în orele de liniște. (Evident, varianta ideală ar fi în weekend *și* în orele de liniște, dar nu trăim într-o lume perfectă.) Sâmbătă dimineața, de pildă, când lumea ar vrea mai mult ca oricând să întârzie în așternut, nesimțitul destramă liniștea și instaurează domnia flexului, a ciocanului pneumatic sau a bormașinii. Totul se zguduie ca într-un film-catastrofă. Vecinii sunt smulși din paturi și împinși spre geamuri, unde încearcă să vadă dincotro vine primejdia. Proaspăt treziți, mulți dintre ei au impresia că sunt la câțiva pași de șenilele unei divizii nimicitoare. Abia după o relativă domolire a panicii, ochii zboară spre ceasuri și clipesc dojenitor. E șapte și jumătate dimineața. Ei, și? Calendarul nesimțirii nu funcționează după criterii normale. De fapt, la o privire mai atentă, un asemenea calendar nici nu există. Vremea nesimțirii e mereu, de luni la șapte până duminică după miezul nopții. Nu-ți place? Nu contează. Și oricum, există soluții: te rogi să surzești fulgerător, te muți la casă, emigrezi sau te sinucizi.

Mă rog, ar mai exista o variantă, dar ea e mai degrabă utopică: să discuți cu nesimțitul și să-l faci să renunțe. Oameni atenți la nuanțe, britanicii spun despre utopie că este „paradisul proștilor“, ceea ce înseamnă că nu trebuie investite mari speranțe într-un asemenea demers. Cine contestă dreptul nesimțitului de a fi jupân în casa lui patinează pe gheața subțire a inconștienței. El scapă din vedere un lucru esențial: douăzeci și patru de ore pe zi, șapte zile pe săptămână și trei sute șaizeci și cinci de zile pe an, nesimțitul se hrănește cu inconturnabila convingere că are toate drepturile și nici o obligație. Sensibilizarea lui sub lumina binefăcătoare a dialogului e o himeră. Candidul care apelează la bunele sentimente ale nesimțitului își pune singur capul pe butuc și se expune comentariilor persiflante ale comunității. „Ia uite-l și pe-ăsta. Nu-l credeam atât de bou."

În curtea blocului

Chiar dacă nu are bani, timp sau răbdare pentru reamenajări complete, nesimțitul de extracție blocativă găsește cu ușurință alte variante de isterizare a vecinilor. Bunăoară, un exercițiu decupat din manualele de proastă creștere este bătutul covoarelor imediat după ce se crapă de ziuă. Statistic, cei care preferă această formă de abuz sunt aceiași care își scutură carpetele sau fețele de masă în capul vecinilor de dedesubt, umplându-le cafeaua de praf, dacă riscă să și-o bea pe balcon, sau pavoazându-le pervazul cu o cortină diafană de firimituri. Nesimțitul din categoria amintită își dovedește eficiența îndeosebi în perioada aprilie-octombrie, când locatarii imprudenți dorm cu geamul deschis, fără să bănuiască o clipă că li se pregătește deșteptarea pe acordurile surde ale bătătorului. Pentru o operațiune atât de energică și totodată atât de delicată, nesimțitul coboară discret pe scări, cu țigara atârnând neglijent în colțul gurii, cu un covor pe umăr, legănându-și jovial arma albă și având aerul că efectuează mici mișcări de încălzire.

După instalarea covorului pe cadrul metalic, nesimțitul trece la munca propriu-zisă. El își scuipă în palme, își flexează mușchii și începe recitalul, oprindu-se abia când constată că bătătorul provoacă – ei bine, da – bătături. Între timp, în apartamente oamenii se trezesc ciufuliți, dezorientați și confuzi. Ce se întâmplă? Se aud focuri de armă? Iar se răfuiesc bandele rivale din cartier? Sau e vreun polițist care-a surprins un borfaș forțând ușa unei case de schimb? Bine, dar de ce trage atât de mult și la intervale egale? Abia după câteva momente adevărul se dezvăluie în cruda lui lumină: e nea Grigore, care bate un covor. De ce la ora asta? Păi, mai încolo pleacă la serviciu. Ce să facă bietul om? Să rămână așa, cu mizeria în casă? Și, mă rog, cine să facă toată treaba în locul lui? Papa de la Roma? Frumos ne șade să ne luăm de viața omului. Așa-i când crești în puf și n-ai habar de greutățile vieții. În schimb, la gargară și la critici nu ne bate nimeni.

Bătutul covoarelor la ore matinale poate fi înlocuit cu succes de pornirea unei mașini hârbuite, a cărei trezire la viață se face printr-o serie interminabilă de flatulențe mecanice. O înșiruire de mârâieli primejdioase, la început sincopate, apoi prelungi, iar la urmă înecate în șuvoiul sonor al ambreiajului înstăpânit pe liniștea primelor ore din zi. Parcarea din fața blocului devine o arenă unde un David dotat doar cu o cheie de contact stârnește pentru a supune treptat și triumfător un Goliat pe patru roți. În funcție de vechimea mașinii, manevrele de resuscitare pot dura între cinci și douăzeci și cinci de minute. Îmbrăcat corect, cu sufertașul plasat pe bancheta din spate, nesimțitul începe ritualul traversat de iluzia unei dulci răzbunări. Ea îi vizează de-a valma pe studentul care a stat până noaptea târziu ca să învețe pentru sesiune, pe muncitorul care tocmai s-a întors din schimb și a trecut la odihnă, pe poetul famelic care a cochetat cu muza până spre orele dimineții, pe insomniacul de care Morfeu s-a îndurat în ceasul al doisprezecelea. Cu toții dorm, iar așa ceva e de neiertat pentru nesimțit. Cum adică, el pleacă la serviciu, iar ceilalți se lăfăie în paturi? El se duce să trudească întru propășire națională, iar ei se întorc pe partea cealaltă? El asudă ca să crească PIB-ul, iar ei nu simt nici măcar nevoia unei solidarități conjuncturale? Așa ceva nu e admisibil. „Când plec eu la lucru, nu mai doarme nimeni", iată deviza mobilizatoare a nesimțitului instalat la volan și cercetând cu priviri atente mișcările din spatele perdelelor. Abia așteaptă să-l mustre cineva. Abia așteaptă apostrofarea menită să-l scoată din papuci și să-l facă să reacționeze nu doar cu ambreiajul, ci și cu vorba.

În timp ce mașina hârâie, sughiță, tușește, expiră, vibrează, se îneacă și pare cu fiecare sunet mai aproape de dezagregare, nesimțitul aruncă o ocheadă mândră spre (deocamdată) singurul geam luminat. Acolo, înveșmântată într-o cămașă de noapte înflorată sau într-un halat rugos, veghează umbra jumătății de atelaj conjugal. Soția nesimțitului își petrece duios consortul spre fabrică, școală, cabinet sau magazin. Se simte părtașă la eveniment, dar totodată stă cu urechile ciulite, pândind prima reacție potrivnică din bloc. Vai de imprudentul, dar mai ales de imprudenta care cutează să deschidă geamul și să constate cu voce tare: „Asta-i nesimțire, nene!“ Atât îi trebuie. În fața unei asemenea critici pronunțate cu noaptea în cap, soția vigilentă iese la rândul ei pe fereastră, cu sânii sprijiniți de pervaz, și se dezlănțuie tumultuos: „Da' pune-ți, fă, dopuri în urechi, în loc să faci scandal. Ia uită-te le ea, nu poa' să doarmă. Ce să-ți spun! Vezi-ți de treaba ta, hoașcă împuțită! Merge omu' la servici, ce-ai cu el? Ce, eu îți zic ceva fincă ții butoiu' cu varză murată în casa scărilor? Dobitoaco!“ Câțiva metri mai jos, nesimțitul frisonează mândru și își îngăduie un zâmbet complice. Strașnică femeie. Tiii, ce bine s-au potrivit. Nici el n-ar fi putut să riposteze mai eficient.

Alertați de diatriba vecinei, alți vecini se furișează din pat cu mișcări somnambulice, se apropie de geam și asistă bosumflați la spectacol. Între timp, nesimțitul continuă eforturile de trezire la viață a dinozaurului pe patru roți. Hărăbaia face din ce în ce mai urât. Ghiorțăielile inițiale au fost înlocuite de rafale de pocnete care trimit cu gândul la o armă cu repetiție încăpută pe mâna unui scelerat. Dihania încă nu dă semne că vrea s-o ia din loc, dar cortegiul de sunete e tot mai dens. Vibrația isterică se propagă asemenea unui zvon despre o răzmeriță. Nesimțitul are tot mai limpede sentimentul triumfului. Iar triumful atinge apoteoza în clipa când din măruntaiele mașinii țâșnește combinația de pârâit și vuiet care certifică deșteptarea mult dorită. Cheia se învârte insistent în contact, acționată din încheietură, iar proprietarul își savurează victoria. Monstrul nechează bezmetic, gata să frământe asfaltul sub roți și să-l poarte pe stăpân spre destinație, cu toți bidiviii-putere înhămați pentru voiaj. Nesimțitul se îndreaptă în scaun, mai aruncă o privire spre bloc, constată mulțumit că peste jumătate din geamuri sunt luminate și o ia din loc, smulgându-i rablei un muget de sălbăticiune ațâțată.

Corolarul acestei operațiuni care se desfășoară în săptămâna de lucru are loc sâmbăta și duminica și constă în repararea mașinii. De cele mai multe ori, vehiculul e bine mersi și n-are nevoie de recondiționări. Ei, și? Aici e vorba de un obicei, nu de o necesitate. Chiar dacă nu există nici o neregulă tehnică identificabilă ca atare, nesimțitul e dator să înfăptuiască mici, dar zgomotoase manevre de întreținere. Ciucit sau întins pe burtă, lângă sau sub mașină, el șurubărește metodic și are grijă să-ți asigure fondul sonor fără de care viața la bloc e searbădă, plicticoasă și irelevantă. Mai cu o îndreptare a tăblăriei, mai cu o verificare a carburatorului, mai cu un test de rutină pentru motor, weekendul se scurge marcat de rapsodia instrumentelor puse la treabă pentru concertul din parcare. Nesimțitul îmbracă salopeta, așterne o pătură soioasă în imediata apropiere a mașinii și începe vizita medicală cu aerul că oficiază un ritual de o profundă solemnitate. Pacientul stă cuminte, cu capota ridicată și organele interne la vedere, în timp ce mecanicul amator practică intervenția chirurgicală printre bucșe, jicloare, planetare și bujii. Operațiunea se reia în weekendul următor, pe ploaie, caniculă sau ger. Oricât ar fi de vitregă, natura nu poate face nimic în fața nesimțitului și a agendei lui. Iar cine râvnește la un strop de liniște după zarva celor cinci zile de condică trebuie compătimit pentru candoare. La bloc se trăiește cu nervii în piuneze, cu timpanele sub asediu, cu ochii dilatați maladiv și cu blestemul în colțul gurii.

Și fiindcă tot am vorbit de mașini, doar un om profund nedrept își îngăduie să omită una dintre cele mai vii probe de nesimțire nocturnă, chiar dacă ea nu are loc, tehnic vorbind, în curtea blocului: cursele printre blocuri sau în jurul lor. Avem de-a face, în acest caz, cu un capitol la care excelează fauna cu vârste cuprinse între optsprezece și douăzeci și cinci de ani. Singura perioadă de abstinență e iarna, când zăpada troienită și poleiul împiedică buna exprimare în domeniu. În rest însă, fiecare limbă de asfalt dintre blocuri trebuie exploatată judicios și nărăvaș. Seara târziu, nu de puține ori în creierii nopții, nesimțitul tânăr intră în acțiune decis, sfidând jumătățile de măsură. Potopit de dorința de-a epata cvartalul, el angajează sprinturi auto care îți dau impresia că ai ajuns, printr-un renghi al sorții, pe pista unde tocmai urmează să aterizeze un Jumbo Jet. Totul se petrece într-un delir noptatic în care cercevelele protestează scârțâit, iar geamurile zăngănesc marțial. La capătul aleii își face apariția nesimțitul căruia tatăl galanton i-a dat mașina pe mână. Urmarea decurge natural și fără posibilități de apel. Ați uitat? „Pătrunde pretutindeni. Nu te lăsa marginalizat." Da, da, e punctul trei din decalogul nesimțitului, cel care redă poate cel mai bine prioritatea lui elementară: dorința de-a deveni parte integrantă a traiului tău zilnic, de-a ți se insinua în apartament, în suflet și în viață, de-a te sili să-i preiei programul, să-i accepți toanele și să-ți duci zilele după cum îți dictează el, de-a te plia după ritmurile, umorile și trăirile lui.

Turele cu bolidul prin cvartal la ore târzii sunt o etapă a ritualului de seducție practicat de nesimțit pe lângă dulcea lui aleasă. Aici nesimțitul calcă accelerația sub presiunea anticipativă a unei fericiri pentru obținerea căreia și-a pus la bătaie priceperea și resursele. El știe că nu e neapărată nevoie ca mașina să fie ultimul răcnet, cu condiția să aibă o marcă respectată. Un Audi vechi, dar zgomotos e preferabil unui Fiat nou-nouț, dar tăcut. Rabla are brand, și asta contează – în ochii cartierului și deopotrivă în sufletul duducii care își așteaptă înfrigurată perechea. Trecute sunt vremurile când cavalerul își îmboldea murgul spre castelul unde tânăra serafică aștepta scara de mătase și, odată cu ea, evadarea de sub clopotul tiranic al părintelui. Decorul e altul și tocmai de aceea altele se cuvin să fie și mijloacele de apropiere a Lui de Ea. Nechezatul nerăbdător al calului a fost înlocuit de vuietul paralizant al Audi-ului. Tropotul bidiviului pe sub ferestruica luminată de opaiț s-a preschimbat în scrâșnet de pneuri la opririle bruște la câțiva metri de scara blocului. Sforăitului solidar al patrupedului îndemnat din pinteni i s-a substituit eșapamentul generos în emisiile de noxe.

Iar dacă pe vremuri cavalerul îndrăgostit își cânta iubirea sub geamul alesei – singur sau asistat de un trubadur tocmit pe o pungă cu galbeni –, la ora actuală lucrurile se rezolvă infinit mai simplu și mai eficace. În ce fel? Cu ajutorul claxonului. Un obiect mic, dar vital în orice întreprindere de acest tip. „Lumina ochilor mei, netrebnicul tău slujitor nădăjduiește că-l vei învrednici măcar o clipă cu prezența ta diafană și că vei binevoi să te arăți la fereastră, spre a-i da de știre că flacăra iubirii nu a fost stinsă de vremelnice opreliști", spunea pe vremuri cavalerul. Ce risipă de cuvinte! Câtă stângăcie ocolitoare! Cât timp irosit! Ce retorică desuetă, neproductivă și ridicolă! Acum, slavă Domnului, lucrurile nu mai arată așa. Nesimțitul care vrea să-și scoată iubita la o plimbare nocturnă cu mașina pe străzile pustii ale orașului acționează cu minimum de efort și mizează pe rezultate rapide. Ajuns la scara blocului, cu manelele duduind în boxe, el claxonează de trei ori scurt, formulând o primă convocare. „Hai, bagă viteză și mișcă-ncoace."

De multe ori manevra are succes și totul se petrece în mai puțin de un minut. Perechea nesimțitului coboară scările, iese din bloc, se suie în Audi și episodul ia sfârșit în relativă liniște. Există însă cazuri când, din cauza unei condamnabile neatenții, semnalul nu ajunge la urechile fetei. Nesimțitul își dă seama că n-a fost destul de explicit și repetă mesajul. De data asta el nu mai claxonează de trei ori scurt, ci de cinci ori lung. Efectul apare, însă ia altă formă decât cea dorită. La două ferestre apar tot atâtea capete curioase. Pe unul se ghicesc contururile de sarma ale bigudiurilor, pe celălalt stă o scufie ale cărei margini se sprijină simetric pe niște urechi clăpăuge. Nici una dintre tărtăcuțe nu este însă cea a tinerei, pentru simplul motiv că aceasta încă n-a terminat operațiunile de tencuire a obrazului și de asfaltare a buzelor colagenate cu un strat gros de ruj. Nesimțitul își iese din calmul nobil de până atunci și ia măsuri, proptindu-și podul palmei în claxon și sfâșiind relativa acalmie a blocului printr-un zgomot care durează o jumătate de minut și scoate lumea din amorțeală și din papuci. Mesajul e mai clar ca niciodată: „Fă, mai stau mult după tine? Bagă material, că plec și te las pe coada ta."

Firește, există și alte variante de abordare, numai că ele l-ar coborî nemeritat pe nesimțit de pe podiumul pe care îi place să stea, spre a fi evaluat și admirat de locatari. Bunăoară, dacă tot are telefon mobil, l-ar putea folosi pentru a-și semnala prezența. Însă asta ar însemna consumarea inutilă a unui impuls, iar nesimțitul nostru e cumpătat și pragmatic. La ce bun să arunci cu banii pe fereastră, ce, suntem nababi? Ar mai fi, desigur, o cale – una cel puțin la fel de îndoielnică. Nesimțitul ar putea să coboare din mașină, să urce două etaje, să sune la ușă și să-și anunțe astfel apariția și disponibilitatea. Hm, ce aiureală! Cum să facă tocmai el așa ceva? Ar fi o decădere din statut pe care nu și-ar ierta-o niciodată. Nesimțitul recunoaște imediat concesiile inacceptabile și se ține departe de ele. Să urce două etaje? El? EL????? Și dacă-l vede cineva? Vă dați seama cum o să-l judece și o să-l eticheteze? Ce bărbat e ăla care consimte unei asemenea cedări? Și cu blazonul lui cum rămâne? Chiar și prins în mreje, nesimțitul e nereformabil. El are o trăinicie imanentistă care-l izolează de restul lumii. Nimic din compoziția lui internă nu-l face permeabil la civilitate. Nesimțitul din această categorie nu operează cu valori, afinități și sentimente. Și-a ales un obiect al plăcerii pe care vrea să-l folosească după norme și obiceiuri proprii. El dictează regula jocului fiindcă ale lui sunt mașina și portofelul. Iar în condițiile astea partenera are două variante: ori se supune docilă, fără să se abată cu o iotă de la scenariu, ori zboară din peisaj. Un tip cu Audi și cu parale găsește oricând pe altcineva.

Iarba verde de la bloc

E o zi frumoasă de primăvară. Un soare afabil binecuvântează cu mierea lui înaltă weekendul mult așteptat. Ici și colo se aude câte o alarmă de mașină declanșată involuntar de apropierea unei cotarle care ține să-și facă nevoile pe roata din față. În tomberoane se răsfață munți de resturi menajere pe care nu le-a mai strâns nimeni de o săptămână și ceva. Pe spațiile verzi din fața blocurilor se văd urme ale civilizatoarei prezențe umane. Un ambalaj de biscuiți a aterizat pe stratul de panseluțe îngrijit de un pensionar cumsecade. La câțiva metri, o doză de coca-cola sparge conturul rotund al unei tufe înverzite. Lângă bordură stau aliniate sticlele de bere golite cu o seară în urmă de guralivii care au tricotat comentarii ferme despre ultimul succes al Rapidului și despre cea mai nouă ieșire în decor a lui Becali. Mucurile de țigări s-au împrăștiat ca o mătreață nevindecabilă peste iarba strălucitoare a miezului de mai. Mierlele din copaci dau să-și înceapă concertul, dar înainte de asta aruncă priviri intrigate peste ceea ce văd în vecinătate. De o creangă spânzură o pereche de chiloți incerți, pe care ploile primăverii i-au muiat fără să-i spele, iar furtunile din ultimele luni n-au izbutit să-i disloce. Câteva ramuri mai încolo, o pungă zdrențuită de nailon șade priponită la înălțime, umflându-se când bate vântul și revenind la poziția inițială după ce acesta se potolește. Oase mai mari sau mai mici sunt desantate de la diverse etaje în iarbă, spre a fi sparte în dinți de liota hămesită care a terminat inspectarea tomberoanelor, în strânsă concurență cu o armată de pisici gracile și năbădăioase. Câte-o conservă de pește lucește stins dintre crăițe. Pungile verzui de semințe se plimbă pe traiectorii impuse de intensificarea neanunțată a vântului.

Spațiul verde nu mai e verde. Pe el ochii observatorului deslușesc fără efort dopuri de plută, tampoane înroșite, tuburi de spray, pagini îngălbenite de ziar, cotoare de măr, capace de la sticlele de bere, rahați lățiți de sandalele copiilor neatenți, pungi în care s-au aflat cărbuni pentru grătar, capete de sifon ieșite din uz, pachete de țigări mototolite în pumn, resturi dintr-o pasăre surprinsă la sol de o mâță cu instinctele ascuțite, jumătăți de fărașe, role de scotch consumat, ambalaje de la tuburi de pastă de dinți, pliante de la Cora, Bricostore și Carrefour, fluturași care anunță un concert de manele în parcul de peste drum, coperți de caiete dictando, prezervative folosite, câte-un ciorap desperecheat, ciorchini de struguri mâncați pe jumătate, coji de ouă, cozi de ciocan, cutii goale de chibrituri, tuburi de la rachetele folosite la ultimul revelion și o mulțime de obiecte care pot fi aruncate pe geam în loc să umple coșul de gunoi al fiecărui apartament. Azvârlitul pe fereastră a devenit un sport național care amenință să devanseze celelalte discipline în care românul excelează de ani buni: aflatul în treabă, datul cu părerea, grija pentru capra vecinului și bârfa neostoită.

Neatent la stimulii pământeni, soarele mângâie mai departe cartierul, atrăgându-i pe oameni din micile lor cuiburi de beton la aer curat. Unii s-au mișcat repede, iar ora prânzului îi prinde departe de vecini. Ei se află de câteva ore la pădure, unde clădesc defileuri de gunoaie din locul unde și-au parcat mașinile până pe pătura unde se hrănesc temeinic, cu muzica dată la maximum și cu mulțumirea că deplasarea lor în natură va lăsa urme de neșters. Alții își dau seama abia acum de șansa care li s-a ivit. Dacă e sâmbătă, e frumos afară și până la meci mai sunt câteva ore, nimic nu-i împiedică să aștepte vesela sărbătoare în fața blocului, la iarbă (aproape) verde. Din scară își face apariția un grup de bărbați hotărâți, care duc cu ei uneltele necesare distracției blocative. Unul clădește meticulos un eșafodaj tradițional, al doilea se ocupă de aprovizionarea cu lichide, al treilea furnizează alimentele, în vreme ce al patrulea asigură antrenul decibelic. Ce se întâmplă? Nimic neobișnuit. Românul a ieșit la grătar. Evenimentul ne ajută să facem pasul din categoria nesimțitului individual în cea a nesimțitului colectiv. Fiindcă operațiunea presupune un efort de echipă, iar echipa se sudează pe baza unor afinități îndelung verificate în timp.

Lucrurile se desfășoară după un tipic consolidat cu fiecare ieșire. Pregătirea grătarului este o activitate rezervată bărbaților, care în acest fel își dovedesc utilitatea casnică și întorc favorul tovarășelor de viață. A nu se crede cumva că acestea din urmă se răsfață nepedepsit în așteptarea mesei. Nu. Ele spală rufe, își ceartă copiii, scutură perne în capul vecinilor de la etajul inferior sau dau cu aspiratorul. Pentru ca distracția să fie întreagă, trebuie s-o meriți. Or, ea nu se obține uitându-te la *Inimă sălbatică* sau spărgând semințe cu vecina. E timp și pentru astea mai târziu. Până una-alta, eforturile în aer liber ale bărbaților trebuie însoțite de strădanii asemănătoare din partea consoartelor rămase deocamdată în apartamente.

Grătarul de weekend în fața blocului este una dintre expresiile osificate ale traiului „la comun“. Și totodată dovada că mahalaua a migrat iremediabil spre mahalagism. Dar, atenție, grătarul nu se face la întâmplare, ceea ce nesimțitul cunoaște foarte bine. În primul rând, el are nevoie de un amplasament optim. Socoteala e simplă: obiectul de încins trebuie așezat într-un loc convenabil pentru utilizator și dăunător celor care nu participă – cel puțin direct – la ospăț. Nu poți lăsa fumul să suie spre ferestrele propriului apartament. E neplăcut, căci după aceea toată casa o să miroasă a fum. De aceea, nesimțitul fixează grătarul în partea cealaltă a blocului, acolo unde nu riscă nimic. Nici soarele nu bate atât de tare, nici consecințele nu vor fi greu de suportat. Și ce dacă vecinii din partea cealaltă detestă această formă de coagulare blocativă sau pur și simplu nu suportă mirosul? N-au decât să închidă geamul. Sau să plece de-acasă. În fond, de aia e spațiu comun, ca să profite toată lumea de el. Poftim? Și dincolo era tot spațiu comun? Păi, cum adică? Mă obligi să fac ce vrei tu? De unde și până unde? Cu ce drept? Cine ești și cum îți permiți? A, oi fi „din ăia“. Ei, atunci bombăne liniștit. Sau cheamă poliția. Gică de la secție abia așteaptă să vină să-l omenesc și pe el cu un mic și-o bere. Hai, să te văd, îți dă mâna?

Nici un argument al taberei antigrătar nu străpunge platoșa nesimțitului. Cu atât mai mult cu cât în spatele lui se află viitorii meseni, care abia așteaptă o provocare cât de mică spre a riposta dur și mușcător. „Care-i problema, nene? Ce e, ți-ai tras tupeu? Ai grijă, că ți-o capeți. Vezi că nu-i prima oară că te iei de viața noastră. Pân-acu' am fost băieți salon, da' nu știi când ne sare siguranța. Șezi blând și lasă fițele, că nu sperii pe nimeni. Iar dacă-ți pute la bloc, ia-ți dracu' vilă."

Nesimțitul a pus punctul pe „i" și degetul pe rană. Sigur că-ți pute la bloc. Bineînțeles că ți-ai lua dracu' vilă, dar poți să-i explici de ce n-o faci? Nu poți. Te-ai compromite definitiv. Prin urmare, îți mesteci încruntat frustrarea, înjuri în barbă, închizi geamul și – fiindcă e din ce în ce mai cald – dai drumul ventilatorului sau, în funcție de starea materială, aerului condiționat. Dacă ai aer condiționat, izolarea de grataragii nu e lipsită de riscuri. După un sfert de oră, pe țeava de lângă aparat încep să cadă stropi de apă. E suficient ca unul dintre ei să se oprească pe scăfârlia unui oficiant în templul fleicilor și te-ai ars. Nesimțitul se uită belicos în sus, identifică sursa, o ia la goană în sus pe scări, repede câteva șuturi în ușa nefericitului care încearcă să se pună la adăpost de fum și de ceea ce va urma și începe să urle. „Te fac arșice, băi bulangiule. Ce, ne iei la mișto? Închide aeru' dacă nu vrei belea. Ai grijă. Mă duc jos și dacă mă mai picură o dată-n cap, mătur etajul cu tine."

Nesimțitul coboară valvârtej și se întoarce printre ai lui, legănându-și burțile și pocnindu-și încheieturile. Abia așteaptă să se repete figura, ca să poată trece la represalii. Nu l-a avut la stomac pe sclifositul ăla cu ochelari de când l-a văzut prima dată. A știut de-atunci că nu-i nimic de capul lui. Între timp, a aflat că e bibliotecar și că în timpul liber citește. Asta spune multe. Cine stă opt ore pe zi între terfeloage, iar după ce vine acasă pune mâna pe alte terfeloage nu-i sănătos la cap. Mai mult, i-a șoptit o vecină de la trei că ascultă operă. Asta a pus capac. Uite cine s-a găsit să-i facă morală. O gloabă pe două picioare, care n-a bătut în viața lui un cui, nici măcar în afara orelor de liniște, și care își pierde vremea cu niște behăituri din care nimeni nu înțelege nimic.

Timorat, beneficiarul fumului care începe deja să-i bată în geam se resemnează cu un suspin adânc. Închide aerul condiționat, se îmbracă de stradă, își ia cu el o carte și pleacă din apartament. Încă nu știe unde, dar o să găsească el ceva. Probabil că o să treacă strada, o să caute o bancă retrasă în parc și-o să stea în parc, implorând o ploaie divină care să întrerupă distracția vecinilor petrecăreți. Nu bănuiește că, fiind sâmbătă, parcurile sunt pline și că molima grătarelor a cuprins deja și zona verde în care spera să-și afle liniștea. Între timp, nesimțitul care i-a remis ultimatumul a ajuns la al șaptelea mic, a doua fleică și a treia bere. Fumul se înalță vesel, sticlele se ciocnesc cu voie bună, iar de la câțiva metri de masa improvizată se aude muzica indispensabilă unui asemenea ceremonial. *Vreau numai fete beton, / Cu aport de silicon / Și nu țin să aibă stil, / Vreau să aibă* sex-appeal. Totul duduie în jur, însă tartorul nesimțiților stă puțin pe gânduri și se întoarce spre tinerelul care a umblat la aparatul cu baterii. E limpede că oferta nu-l atrage. „Băi țâcă, tu ai pus beleaua asta?" „Eu, nea Fane. E Voltaj, nu-ți place?" „Tată, suntem la grătar, da? Trebe muzică dă grătar, da? Voltaj să-ți pui când oi vrea să bulănești gagici, mie bagă-mi ceva cu suflet, să meargă berea și micu'." Rușinat, „țâcă" umblă într-o pungă soioasă și împrăștie pe iarbă câteva casete de pe care zâmbesc niște inși tatuați, cu părul înecat în briantină și cu kilograme de lanțuri la gât. Personal, ar fi preferat ceva în același registru. Nu demult făcuse rost de un CD cu Bonsai, care-i mersese la inimă tocmai pentru textele de o poezie sobră, fără jubilații ieftine și patetisme inutile: *Am mai spus și v-o mai spun, / După fete sunt nebun, / După fete naturale / Și cu cerebelu' mare.* Meserie pe felie. Dar dacă nea Fane vrea manele, facă-i-se voia. Până la urmă, el e șeful blocului, știe toată lumea. Numai pirpiriul ăla de la doi nu s-a prins.

Un cântec al lui Elgi pulverizează liniștea care nu durase mai mult de un minut, făcând mierlele să zboare îngrozite din copaci și porumbeii să uguie dojenitor pe firele de înaltă tensiune. *Toți dușmanii mei / Au frică de ei. / Toți vikingii când apar / Dușmanii dispar.* Fizionomia lui nea Fane, nesimțitul care regizează ieșirea la grătar, suferă modificări importante. Ochii i se retrag în orbite, gura i se lățește într-un surâs satisfăcut, cutele de pe frunte se fac nevăzute ca prin farmec. Ei da, altă viață. Nea Fane pune mâna pe sticlă, trage o dușcă, râgâie sonor și începe să aplaude ritmat, scoțând din când în când câte un „hopa“ participativ, semn că muzica e în sfârșit cea care trebuie. Ea are un singur minus, și acela remediabil: e dată cam încet. Cu alte cuvinte, nu se aude în cvartalele învecinate. Nea Fane umblă la volum până când cântecul lui Elgi începe să semene cu zbieretele unei pisici date prin mașina de tocat de la coadă la cap.

Carnea sfârâie pe grătar, sticlele de bere se golesc una după alta, muzica bubuie isteric. După Elgi se prezintă la raport Romeo Fantastick, regele manelei porno. *Dac-aș ști c-o să te pierd, / Îmi smulg inima din piept, / Că te iubesc permanent,* clamează el, acompaniindu-și declarația cu niște zgomote de canibal extaziat. Nea Fane și gașca cad pe spate de bucurie. Apoi se ridică, tropăie nestăpânit și își alătură vocile gâjâite celei a lui Romeo. De câtăva vreme, nu mai sunt singuri. Consoartele au descins la rându-le de prin bucătării, iar acum contribuie după puteri la reușita mesei. Fumul de țigară se împletește cu cel al grătarului, aromele învăluie întregul bloc, iar muzica îi supune la cazne grele pe toți retractilii care nu știu să se bucure de viață în general și de viața „la comun“ în special. Păcatul lor să fie.

O altă formă de nesimțire sistematizată este privitul meciurilor de fotbal pe spațiul verde din fața blocului. E adevărat, de data asta publicul feminin nu are ce căuta în peisaj. Meciul respiră virilitate, încleștare și patimă. Tocmai de aceea, el cere din partea celor care-l urmăresc o investiție afectivă și vocală pe măsură. Nu te poți prezenta la un

România-Norvegia cu muieri care nu-l deosebesc pe Rădoi de Mutu, care n-au deslușit sensul ofsaidului și care nu se inflamează corespunzător în fața unei greșeli de arbitraj. Ar fi o insultă adusă în primul rând fotbalului ca atare și abia după aceea o formă de neglijență gravă față de agenda bunăstării naționale. Meciul trebuie privit, judecat și comentat în ceată. Condițiile decisive ale unei asemenea participări sunt verva pulmonară și alcoolemia ieșită din parametrii normali. N-are haz și nici sens să întâmpini un eveniment atât de măreț pe tăcute sau între patru pereți. Totul trebuie externalizat și propagat fulgerător în cartier. Pe lângă asta, vizionarea în cerc deschis a jocului livrează prilejul optim de sudare a raporturilor între vecini, de închegare a unor amiciții neclătinabile, de primire în gașcă a candidaților care au dovedit în timp că merită investiția de încredere.

Ca în orice demers efectuat pe nervii și pe timpul liber al celorlalți, nici aici nesimțitul nu lasă nimic la voia întâmplării. Concertul uralelor, bombănelilor, huiduielilor, îndemnurilor și înjurăturilor care însoțesc meciul nu poate începe în minutul unu și nu se poate curma în minutul nouăzeci. E nevoie de o pregătire scrupuloasă a spectacolului din marginea spectacolului, de asigurarea unei gradări bine dozate, a unei tensiuni capabile să urce nepoticnit spre paroxism. Dacă lovitura de începere are loc la ora opt seara, televizorul, scaunele și lada frigorifică trebuie amplasate de pe la cinci. Nesimțitul-șef are grijă să se ocupe de toate detaliile –

fie rezolvându-le personal, fie delegând competențe, cu sudalma, cu ghiontul sau cu un șpiț la partea moale. Rând pe rând, microbiștii se scurg pe scara blocului și ocupă spațiul din fața televizorului cu aerul unor coloniști pe care nici o armată din lume nu va putea să-i disloce. Unul e în pantaloni de pijama și maiou, altul își lasă burduhanul să se reverse peste un șort mulat pe corp la limita plesnirii, altul râgâie autoîncurajator înainte să se așeze pe scaun, altul iese din scară agitând un steag tricolor, cu sau fără gaură, spre a arăta lumii că meciul nu e un prilej de divertisment, ci o probă de patriotism, altul pășește pe iarbă scuipând coji de semințe mai ceva ca un utilaj agricol, altul aduce vin și sifon fiindcă nu suportă berea, altul urlă scandări scabroase la adresa adversarilor, făcând să se cutremure scara, altul arborează un tricou decolorat cu însemnele naționalei și tot așa. Febra anticipativă a microbiștilor cantonați sub geamurile vecinilor se transformă iute în furor isteric. Televizorul a fost dat la maximum, primele sticle au fost destupate. Totul e sau cel puțin pare pregătit pentru fiestă.

Deranjată de tonul vehement al comentatorului TV, o imprudentă de la parter deschide geamul și spune ceva galeriei de circumstanță. Nimeni nu aude nimic. Femeia își ia inima în dinți și repetă rugămintea, de data asta la do de sus. Nesimțitul-șef o observă, face mâna pâlnie și-o duce la ureche: Aud? După câteva clipe, misterul se dezleagă. Cucoana e nebună. Cică să dea ei televizorul ceva mai încet, fiindcă fiică-sa lucrează la licență. Nesimțitul le aduce la cunoștință celorlalți microbiști revendicarea venită de la parter. O hăhăială grohăită îl acoperă timp de câteva clipe pe comentator. În cele din urmă, burtosul așezat pe un scăunel undeva la margine intră în dialog cu femeia și-i propune o primă variantă de soluționare a neplăcerii: „Trimite-o aici, tanti, c-o lucrăm noi, cu licență cu tot“. Femeia nu înțelege și – lucru necugetat – insistă. „Haideți, oameni buni, fiți de înțeles. Are fata lucrare. Dați-l nițel mai încet, că tot îl auziți.“ De data asta e nevoie de intervenția șefului de nucleu. A nesimțitului principal. Acesta își aduce aminte că a mai avut de pătimit din cauza babetelor fără aderență la cauzele naționale și atacă problema din alt unghi. „Coană Nuți, eu mă bag la mata în bucătărie? Nu mă bag. Și-atunci, mata ce cauți în viața mea? Ha? Știi ce, las-o așa cum a căzut. Poate ai treabă și te reținem.“ Dezinvoltura din discursul șefului e salutată cu un nou râgâit și câteva chicoteli mulțumite. Numai că masochismul nu-i dă pace femeii și-o face să mai deschidă gura o dată. „Te-am rugat frumos, Sică, ce Dumnezeu...“ Fraza se încheie brusc, întrucât Sică și-a pierdut bruma de răbdare și-a luat-o la țintă pe femeie cu sticla pe care-o ținea în mână. Din fericire pentru amărâtă, proiectilul s-a oprit în grilaj, unde s-a făcut țăndări. Berea țâșnită din sticlă s-a vărsat pe pervaz, iar câteva fire de lichid au început deja să coboare pe dinăuntru, pe peretele bucătăriei de unde fusese făcut apelul la milostenie.

Episodul are darul să-i galvanizeze pe microbiști. Aceștia râd superior, ciocnesc sticlele și declanșează o nouă salvă de măscări versificate la adresa adversarului, chit că acesta mai are două ore până să apară de la vestiar. Atmosfera devine din ce în ce mai încărcată, iar la ora opt e electrică de-a binelea. Lumea din bloc pe care n-o interesează fotbalul n-are ieșire. Pe durata meciului se suspendă orice alte activități. Trupa instalată pe scaune zbiară, se agită, amenință, răcnește, se ridică de pe scaune, gesticulează abrupt, înjură ca la ușa cortului, scandează, freamătă, se zborșește la arbitru, mugește indicații pentru antrenor, se contrează cu comentatorul, rupe fire de iarbă și le mestecă nervos, își mușcă pumnii, aterizează decepționată la loc pe scaune, îl scaldă în ocări pe fiecare jucător norvegian, tropăie nerăbdător, golește sticlă după sticlă, fumează cu nesaț, imploră divinitatea cu priviri proptite în înalturi, își smulge părul din cap, fluieră bezmetic și scoate un urlet prelung și descreierat când în sfârșit românii marchează. În apartamente, ceilalți locatari își pipăie buzunarele și caută flacoanele cu calmante. Cine a vrut să urmărească un talk-show sau un concert și-a luat gândul. Cine a avut de învățat, așijderea. Cine și-a propus să se odihnească stă în capul oaselor în pat și mai are timp să murmure o singură dorință: să nu fie prelungiri.

Riturile de (pe)trecere la bloc

Nesimțitul se pricepe să dinamiteze prin diverse mijloace tihna blocului în care trăiește. L-am văzut bătând covoare la șapte dimineața. L-am auzit perforând pereți cu burghiul în orele de liniște. Ne-am zdruncinat sub loviturile lui de ciocan, când își înlocuia faianța a doua zi de Paște. Am participat involuntar la operațiunea de dărâmare a pereților și de lărgire a bucătăriei la câteva ceasuri după Revelion. Ne-am trezit din cauza ambreiajului mașinii sale la ora la care singurele ființe treze din cartier erau mierlele suite în vârful pomilor. I-am simțit claxonul curentându-ne în miez de noapte și silindu-ne să ne apropiem pe furiș de ferestre. Am fost pețiți de mirosul perfid și insinuant al mititeilor puși pe grătar de nesimțit sub geamul nostru. Am asistat la manifestările lui delirante cu ocazia unui meci urmărit pe iarbă, în fața blocului, cu sonorul dat la maximum. Am văzut cum întâmpină rugămințile de clemență decibelică și cât de riscantă este angajarea unui dialog cu o vietate care se lasă condusă în tot ce face de impulsuri, de instincte și de filozofia bunului plac. Am aflat deja multe despre nesimțit. Așa că e momentul să-i sondăm o nouă dimensiune fundamentală. Altfel spus, ne putem ocupa acum de nesimțitul festiv. De cel care își face părtași vecinii – de cele mai multe ori, contrar voinței acestora – la prilejuri memorabile din viața personală: ziua de naștere, nunta sau botezul.

O petrecere la bloc este o experiență limită pentru oricine a practicat conviețuirea în fagurele de beton. Îți dai seama că te afli în fața unui fenomen în care pulsează frenezia nocivă din secunda când te gândești la veșmintele lexicale în care se lasă drapat evenimentul. O petrecere la bloc nu e pur și simplu o petrecere la bloc. Cuvintele care o definesc cel mai bine sunt „bairam“ și „paranghelie“. Ele sună evocator și redeșteaptă în minte amintiri dureroase. Rănile săpate în carnea gândului de petrecerile la bloc sunt greu cicatrizabile. Povestea lor te bântuie săptămâni, luni sau chiar ani în șir. Memoria se zvârcolește spasmodic și se comportă aproape nedemn în fața presiunii. Nici un om așezat nu aude sintagma „petrecere la bloc“ fără să simtă vârful unui stilet gâdilându-l amenințător între omoplați.

Ținuta pentru acest tip de eveniment nu impune un stil și nu obligă la acomodări forțate. Cu o excepție. Dacă organizatorul și participanții la chef sunt tineri, e de datoria lor să se prezinte încălțați cu ghete sau bocanci. În felul ăsta, în clipa când începe dansul, vecinii de deasupra și de dedesubt se văd racordați instantaneu la dezlănțuire. Petrecerile tinerești au loc de obicei când părinții gazdei lipsesc de acasă. Fie sunt în concediu, fie au plecat de bunăvoie, colindați de amintirea bairamului precedent, pentru ca măcar de data asta să evite depresia. Pe ritmurile unei muzici percutante până la anihilare, băieți și fete strânși sub steagul dezinhibiției totale amenință structura de rezistență a blocului. După trei minute, ai sentimentul că o divizie de Panzere ți se îndreaptă iminent spre pereții sufrageriei. După alte cinci, retrăiești cutremurul din 1977. La capătul primei ore, simți o solidaritate retroactivă cu victimele seismului de la Kobe. Lustra din tavan pendulează năucă deasupra mesei. Parchetul are un scârțâit de rău augur. Zidurile se curbează îngrijorător. Un aer de calamitate iminentă pune stăpânire pe vecini. Pisicile de apartament zgârie ușa șifonierului și caută disperate refugiul. Bichonul abia venit de la plimbare latră ca posedat și se scapă în mijlocul covorului, incapabil să reziste șocului. Papagalul forțează evadarea din colivie, izbindu-se cu capul de gratii și emițând țipete stridente. Placidele broaște țestoase cu sediul în dormitor se înghesuie cu totul sub carapace. Vecinii se sufocă de indignare, de spaimă sau de ambele. Din pereți țâșnește o babilonie metalică fără răspuns. Ești în toiul asediului condus de Rammstein, în plină ofensivă Napalm Death, în miezul sfidării orchestrate de Anthrax, Sepultura, Urge Overkill, Concrete Blonde, Screaming Trees, Nash Kato, Meat Puppets sau alte uzine ale infernului. Bocancii izbesc furibund în podea. Virajele psihedelice ale musafirilor se fac auzite prin pereții niciodată suficient de groși. Răcnetele crapă tencuiala. Ai impresia inconfortabilă că plouă cu sânge și ninge cu bucăți de creier uman. Mintea nevinovaților din apartamentele învecinate e terciuită nemilos, dar nimeni nu schițează vreo urmă de protest. Ar fi complet inutil. Participanții la bairam n-ar auzi nici dacă li s-ar sparge ușa de la intrare cu un berbec.

Lucrurile se schimbă întru câtva când ziua de naștere se serbează în prezența părinților, iar copilul încă n-a ieșit din adolescență. Explicația e la mintea cocoșului. Tatăl n-a mai ales să plece de acasă fiindcă știe că muzica pe care-o ascultă suavul lui fiu e aceeași cu muzica lui. Și care-ar putea fi muzica asta? Bob Dylan? Puah. Moody Blues? Pfui. Jefferson Airplane? Piei, satană. Suntem la chef, nu la cenaclu și nici la priveghi. Numitorul comun care leagă generațiile pe portativ stă ascuns în pletora de maneliști nelipsiți de la nici o petrecere care se respectă. Arătările cantonate în prizonieratul nostalgic al pop-rock-ului sunt demne de milă. Sigur, nu pot fi călcate cu mașina, fiindcă asta nu e o faptă creștinească. Dar o lecție de modernitate tot merită de la inginerii de sistem ai nevrozei blocative.

Pentru acești oameni, rigorile calendarului sau ale săptămânii de lucru sunt un moft expediabil în doi timpi și trei mișcări. Dacă ziua de naștere a odraslei cade într-o joi, tot atunci are loc și paranghelia. E o prostie să aștepți până-n weekend, când riști ca jumătate dintre invitați să plece la pescuit pe baltă, la țară sau la munte. Cum? A doua zi lumea merge la serviciu? Și? Ce, n-o lăsăm noi? Să meargă sănătoasă, cu stângul pe tobă și fața la producție. A, e muzica prea tare? Păi e petrecere, tată. Ce-ați vrea, surdină? Mergeți frumușel la farmacie, luați-vă niște dopuri din alea de treișcinci de mii și băgați-vi-le în urechi.

În general, scenariul nu suferă modificări majore de la un bairam la altul. Colegii sărbătoritului vin câte doi sau câte trei, sună la ușă și așteaptă cuminți, cu câte o sticlă în mână. Câteodată le deschide capul de familie, alteori soția. În clipa când ușa se dă de perete, dinăuntru se aude o lălăială văicăreață, însoțită de larma patetică a unui acordeon pe care se plimbă niște degete experte și de indispensabilii bași care dau de obicei ritmul și măsura tânguielii. Musafirii intră în apartament, ușa se închide, iar zgomotul se estompează. Îl auzi doar dacă ciulești urechea. Răsufli ușurat, mulțumești proniei și îți spui că, în fond, fiecare om are dreptul să se distreze. Sedus de perspectiva unei nopți fără distonocalm, nu-ți dă prin cap că deocamdată gazdele nu exploatează la maximum calitățile radiocasetofonului cu CD fiindcă încă nu s-a strâns toată lumea.

La un moment dat, vecinul care se uită nebănuitor la un film de cinematecă tresare îngrozit. Ceva duduie înspăimântător la câțiva pași de el. Sunt bașii care vestesc începerea distracției. Trupa e completă la apel și nebunia poate începe. După câteva secunde de vibrații care îți zbârlesc părul de pe brațe, cineva, un bărbat cu un glas străbătut de un tremolo venit din fundul gâtlejului, își plânge deziluzia. Ai crede că puseul melancolic se consumă în tăcere, departe de lume. Ei bine, nu. Fiindcă decepționatul nu e fitecine, ci Florin Pește. Cât despre vorbele lui, acestea se revarsă prin pereți, te atacă, te cotropesc, te supun și te obligă să participi la apăsătorul necaz în dragoste. *Lumea îmi spunea de tine / Că vrei să profiți de mine, / Eu ca prostul te iubeam, / Nici o vorbă nu credeam.*

E clipa când vecinul smuls din miezul filmului își pune două întrebări deopotrivă de justificate. Unu: ce vină are el pentru suferința altuia? Doi: ce rost are să-ți ornezi petrecerea de ziua de naștere cu melodii atât de triste? Îndatoritor, cetățeanul se grăbește să discute cele două aspecte cu vecinul al cărui copil a instituit vacarmul pe scară. Mai știi, dacă-l prinde binedispus, poate dă muzica mai încet. Însă această abordare e falsă ca o bancnotă de trei dolari. La a cincea bătaie în ușă, nesimțitul parental deschide asudat, cu un pahar în mână, pradă surescitării și proptindu-și ochii injectați asupra nepoftitului. Acesta simte deodată că dialogul pe care urmează să-l inițieze n-o să aibă curtoazia și fluiditatea pe care mizase inițial.

— Bună seara, domnu' Nae.

— 'ai noroc.

— Știți...

— Ce vrei, bă?

— Poate dați muzica nițeluș mai încet –

— E ziua la fi-meu. Valea.

— Da, dar e unu noaptea, eu mâine mă –

— Zgâmboi, tre' să-ți desenez? Stânga-mprejur.

— ... duc la serviciu, am o lucrare –

— Băi cârmâz, ești nervos cu nervii? E ziua la fi-meu și-i fac bairam. Nu-ți place, du-te la hotel. Ce vrei, să-i trimit acasă pe toți, ca să tragi tu pe dreapta?

— Îmi pare rău, domnu' Nae, ziceam că ne-nțelegem ca-ntre oameni. Dați muzica mai –

— BĂĂĂĂĂI, VREI SĂ-ȚI VOPSESC MOTORU'? MARȘ DRACU' LA TINE-N CASĂ, CĂ MĂ PUN CU BĂTUTA PĂ TINE!!!

Zdrang! Ușa metalică se-nchide brusc, salvându-l pe cetățean de la scatoalca promisă. Înfrânt în bunele sale intenții, bietul om se întoarce în apartament, pune mâna pe telefon și cheamă poliția de proximitate. Într-un târziu, la celălalt capăt al firului răspunde o voce blazată iremediabil.

— Mdea.

Cetățeanul e lăsat să-și explice motivul apelului, fără ca interlocutorul să intervină cu vreo întrebare. Abia când se interesează în cât timp o să descindă echipajul care o să-i pună la punct vecinii, își dă seama că a consumat impulsuri de pomană. Căci vocea rostește solomonic și răspicat:

— E ziua la copil, domnu'. Omu' e-n casa lui. Lăsați, că n-a murit nimeni dintr-un chefuleț.

Între timp, chefulețul virează decis spre orgie. Din pereți nu se mai aud doar lamentări sfâșietoare, ci și niște zgomote care sugerează că nu toată lumea e la fel de nefericită în dragoste. Paradoxal, cu cât manelistul suferă mai intens, cu atât fericirea petrecăreților e mai colorată. Se chiuie cu aplomb, se tropăie vehement, se scot țipete care anunță împliniri erotice fulminante. Fetele mobilizate la paranghelie își fac auzite vocile într-o corală care acompaniază acum plonjonul introspectiv al lui Cătălin Arabu. *Dragoste cu năbădăi / Așa cum este la noi / Eu pe unde-am mai trecut / Îți jur că n-am mai văzut.* Cetățeanul umilit de veselia vecinilor se uită la ceas. A trecut de două noaptea. Peste cinci ore ar trebui să se trezească, iar el n-are idee dacă o să apuce să închidă ochii.

O pereche de căști ar face minuni, însă de unde să le scoată? La fiecare petrecere de pe scară își promite să se doteze corespunzător și de fiecare dată uită. Și oricum, i-ar fi destul de greu să doarmă cu urechile acoperite de căști. Unde mai pui că în felul ăsta n-ar auzi, ce-i drept, nici muzica, dar nici deșteptătorul.

Alături, sărbătoarea nesimțirii este în toi. Spirala zgomotelor urcă necontenit, fără să i se poată ghici punctul terminus. Nefericitul vecin e pus la curent cu tribulațiile amoroase ale lui Sorin Copilul de Aur, preluate cu behăituri descreierate de plenul invitaților. *De ce mă săruți așa? / Oricum astăzi vei pleca, / Nu vreau, nu vreau mila ta, / Știu că ai pe-altcineva.* Plină ochi, scrumiera de pe măsuța de cafea a vecinului zornăie stins, mărturisindu-și solidaritatea involuntară cu suferința iubărețului sedus și abandonat. În colțul din stânga sus al sufrageriei a apărut o crăpătură diagonală, care coboară până deasupra televizorului. Probabil că e acolo de ani buni, însă vecinul nu-și poate reprima impresia că a fost provocată de muzica petrecăreților. Vacarmul atinge dimensiuni uzinale. Nici la sectoarele calde din combinatele siderurgice nu găsești o asemenea hărmălaie. Pe la ora trei, vecinul năpăstuit cochetează pe rând cu ideea emigrării, a sinuciderii sau a plecării într-o direcție necunoscută cu un tren de noapte. N-au decât să-i taie ziua la serviciu. Mare brânză. Singurul lucru care-l oprește să se urnească spre gară e conștiința inutilității gestului. Petreceri de genul ăsta vor mai fi, cu siguranță. Din câte știe omul nostru, peste trei zile vecinii de deasupra or să prezideze peste o rupere de turtă care o să se soldeze cu o furtună sonoră de același nivel. Și-atunci, *à quoi bon avoir quitté... Balta Albă?*

Nimeni nu se poate lăuda că a perceput toate sensurile vieții la bloc dacă n-a trecut prin experiența nunții din parcare. Aici nesimțitul se înhamă la un generos efort de autodepășire. Simpla paranghelie e un eveniment cu impact totuși redus – câteva apartamente, cel mult o scară. Nunta în parcare se desfășoară pe coordonate radical diferite. La ea participă – vrea, nu vrea – tot cvartalul. Nimeni nu poate face abstracție de această formă de efuziune matrimonială. Sustragerea e imposibilă, sugestia absurdă, iar intervenția directă nu doar inutilă, ci și primejdioasă.

Din capul locului, pentru ca festivitatea să curgă fără incidente, măsura elementară e golirea parcării de elementele nedorite. Exact, de mașini. E o gravă nesăbuință să-i atragi atenția nesimțitului organizator, amfitrion, socru mare sau cum i-o mai fi spunând că rostul parcării este tocmai acela de-a adăposti mașini. Omul e vechi printre semeni și nu acceptă lecții de bună purtare de la un bumbălău care habar n-are cum îl cheamă cu buletinul în mână. La o adică, el știe să umble la argumente în care se împletesc logica de cartier și camaraderia părintească. „Hai, dom'le, de câte ori se mărită fata? O dată, nu? Păi și ce atâta tevatură? Ce, mata n-ai fată? Și? Unde i-ai făcut nunta, la Operă?" N-are rost să-i spui nesimțitului că fiica ta are opt ani sau că pur și simplu n-ai copii. Îți bați gura de pomană. Într-un moment atât de important pentru cimentarea relațiilor de cuplu, opoziția ta stârnește râsete compătimitoare sau, dacă insiști, accese de furie vulcanică.

Golirea parcării stă sub semnul unui memorabil efort fizic. Nesimțitul încearcă să fie prevenitor și începe prin a le pune în vedere proprietarilor de autovehicule că trebuie să elibereze locul. Cine nu se conformează își asumă riscuri. Până la urmă, parcarea tot se golește. Dacă nu prin bună înțelegere, cu forța. Nesimțitul apelează la serviciile eficiente ale câtorva dintre cei care se vor strânge îmbrăcați festiv la orele după-amiezii, spre a petrece sub geamurile și balcoanele locatarilor perplecși. Aceștia seamănă cu un comando specializat în incursiunile punitive. Robuști, tunși perie, asudați, cu niște tricouri negre mulându-li-se pe bicepși, ei se ocupă pe rând de fiecare mașină, împingând-o sau luând-o pe sus, de la caz la caz.

În trei ceasuri locul arată ca în palmă. Autovehiculele sunt depuse fără menajamente în parcarea de alături, unde blochează mașinile parcate regulamentar. Cine are proasta inspirație să coboare din bloc după câteva ore și să se urce la volan constată că nu are cum să iasă. Chiar în spatele Loganului său a răsărit de nicăieri un Matiz. În prelungirea acestuia din urmă se găsește un Opel care nu era acolo de dimineață. Plimbărețul studiază variantele de acțiune și constată că oferta e slabă. Poate să cheme un taxi, să renunțe cu o înjurătură, să înțepe unul dintre cauciucurile corpului străin care-i împiedică ieșirea sau să traseze o linie frântă cu vârful cheii pe aripa metalizată. Statistic, șaptezeci la sută dintre cei aflați în această situație optează pentru a treia sau a patra variantă.

Câteva zeci de metri mai încolo, în parcarea golită, amenajările continuă. O parte din nuntași își fac apariția din subsolul blocului și încep să aranjeze mese și banchete din lemn, cu o dexteritate care semnalează că nu sunt la prima operațiune de acest tip. Femei costumate de casă aduc farfurii, tacâmuri, pahare, șervețele și alte elemente de recuzită. Se aștern fețe de masă înflorate, se plasează pernițe moi pentru șezuturile mesenilor mai sensibili, se numără locurile la masă, pentru evitarea situațiilor jenante. Nesimțitul supraveghează totul cu aerul unui inspector exigent, iar la un moment dat observă că lucrurile merg bine, însă nu impecabil. Lipsește ceva. După un efort cerebral de câteva clipe, bărbatul identifică problema. Nu e muzică. Nu se aude nimic. Bine, e trei după-masa, dar nu contează. Cum poți să ceri voie bună și randament, dacă nu pui la dispoziție fondul sonor care trebuie să rotunjească înaltul prilej?

Nesimțitul își cheamă mugit nevasta la geam și-i ordonă să coboare fulgerător cu un casetofon și câteva casete. „Cum? Stația? Păi cu ea cu tot, facem proba pentru diseară.“ Cu ajutorul a doi zgâmboi care transportă fiecare câte o boxă, plus o mățăraie de prelungitoare, soția îndeplinește prompt dispoziția conjugală și nu peste multă vreme urechile locatarilor care își văd de ale lor în apartamente îndură năvala fonică a lui Nicolae Guță, secondat de o anume Claudia, cu care întreține un scurt dialog muzical despre cererea și oferta în ale sexului. *Dai o mie de parai / Dacă-ți place să mă ai*, pretinde Claudia, înzestrată cu abilități sindicale în arta negocierii. *Dau și-o sută, dau și-o mie / Numai țeapă să nu fie*, acceptă culant Guță, mulțumit că agenda poate fi acoperită într-un timp atât de scurt. La geamuri apar deja primele capete curioase. Aha, e rost de nuntă. Bun, măcar știm cum stăm.

Cum însă buletinul meteo nu exclude „înnorările accentuate și precipitațiile sub formă de averse“, organizatorii devin precauți. Nu după multă vreme, în mijlocul parcării se înalță un cort de toată frumusețea. Construcția seamănă frapant cu un adăpost pentru sinistrați, dar nesimțitul a aflat – nu de azi, de ieri – că scopul scuză mijloacele. Culoarea mai degrabă mohorâtă a pânzei de cort contrastează cu manifestările euforice pe care urmează să le ascundă privirilor. O parte dintre martori mustăcesc în spatele geamurilor. „Dacă tot nu dormim la noapte, măcar să vedem și noi cum dansează mireasa.“

Ei bine, da, trăim într-o lume imperfectă. Însă una în care legea compensației funcționează fără încetare. Fericita pereche, socrii, nașii și nuntașii sunt feriți de privirile locatarilor, dar au grijă să recupereze în plan auditiv acest neajuns vizual. Publicul de la ferestre nu vede tortul de nuntă, dar aude mai clar decât i-ar plăcea întreaga coloană sonoră a evenimentului. Strigarea darului, sârba pe asfalt, hora la bordură și celelalte elemente ale coregrafiei de cartier se desfășoară acoperit, însă percuția lor se simte în cercevele pe o rază de minimum o sută de metri. În fiecare locuință din cvartal pătrund în forță, într-un alai manelist inconfundabil, Liviu Puștiu (*Ce suflet ai în tine / De crezi că tu faci bine / Că pleci de lângă mine, / De ce îmi juri iubire / Fără să ții la mine?*), Costi Ioniță (*Pe pământ tu cât trăiești, / Liniște n-ai să găsești, / Dușmani am cu kilogramu' / Și prietenii cu gramu'*), Adi Minune (*Jumătatea vieții mele, / Stai ascunsă printre stele, / De-aș putea s-ajung la tine, / Dar ești departe de mine*), Sorin Copilul de Aur (*Vagabondu' vieții mele / Îmi faci decât zile grele / Și orice mi-ai face tu / Eu n-am să iubesc altu'*), Bursuc, Pește, Salam, Arabu, Vijelie, Cercel și toți arhitecții insurgenței lăcrămoase a iubitului care își vede așteptările înșelate și iubita răpită de rivalul cu bani mai mulți, ghiuluri mai mari și un BMW mai încăpător. Ca să fie masa bogată, în meniul muzical al nunții își face loc și o manea al cărei compozitor, Jean de la Craiova, își manifestă interesul, preocuparea și optimismul față de condiția medicală a președintelui țării. *Stima noastră și mândria, / Bine c-a trecut hernia, / Te așteaptă România, Te așteaptă-ntreg poporul / Ca să ne conduci vaporul.* Nuntașii aplaudă cu însuflețire, semn că președintele e popular la toate nivelurile, de la Marriott în Ferentari și din Giulești în Dorobanți.

Casa scărilor

Ar fi o nedreptate impardonabilă să insistăm pe componenta festivă a nesimțirii la bloc și să trecem astfel nepăsători pe lângă una dintre cele mai vii manifestări ale spiritului gregar. Nunta are loc o dată în viața fiecăruia (cu excepția excepțiilor), botezul e unic, ziua de naștere se serbează anual. Sunt întâmplări izolate, fără un ritm anume. Stilistica lor zgomotoasă confirmă – rar, însă apăsat – una dintre trăsăturile definitorii ale nesimțitului: indiferența dezinvoltă cu care îți impune programul lui, forța de a-ți modifica ritmurile firești, capacitatea perversă de-a te smulge din liniștea propriilor tabieturi și de-a te face părtaș la lucruri cu care nu îți propui să ai vreo legătură. Am stabilit deja că nesimțitul este o vietate invazivă, impermeabilă la sugestii. Că dă tonul și face muzica. Așa stând lucrurile, să admitem totuși că teritoriul unde se manifestă el nu e doar apartamentul din care le toacă nervii vecinilor prin muzica dată la maximum sau parcarea pe care o transformă în restaurant. Atlet al vieții „la comun“, nesimțitul știe la fel de bine să-și stabilească teatrul de operațiuni în spații despre care omul obișnuit crede că ar trebui să aibă alte întrebuințări. De pildă, în casa scărilor.

Acesta e locul în care nesimțirea se îmbracă de obicei în straie femeiești. Unul dintre reflexele verificate ale gospodinelor de la bloc este instalarea ritualică în casa scărilor, pe intervale de timp care pot ține de la o oră la opt sau chiar la zece. *Nota bene*, împlinirea acestei coagulări blocative are loc de obicei între aprilie și octombrie. Spațiul dintre cele patru uși devine atunci replica peste timp a agorei, un loc în care se schimbă idei, rețete sau replici casnice. Care este esența acestui comerț locvace și anarhic nu e greu de ghicit. Casa scărilor are o rezonanță excelentă, ceea ce aduce în apartamentele tuturor mesajele pronunțate de areopagul menajer. Femeile strânse acolo, cu fundul pe trepte sau pe banchete înguste, au darul de-a vorbi tare, răspicat, fără secrete. Nu le interesează că nu te interesează ceea ce spun. Au făcut ciorba, au decongelat cotletele și au măturat prin apartamente, așa că nimic nu poate fi mai stimulativ decât o bârfă între „cumetre", „coane" sau „mămăici". Iar dacă patroana spirituală a acestei forme de cenaclu este soția administratorului, cu atât mai bine.

O găselniță interesantă în context este așa-numita politică a ușilor deschise. Transparente și mândre nevoie mare că țin casa pahar, cumetrele renunță la bariere și dau de perete ușile de la intrare. Dar motivul nu se leagă de concursul de curățenie. Dacă te uiți bine, manevra e lesne de explicat. În primul rând, fiecare gospodină vrea să evacueze cât mai repede mirosul de mâncare gătită care tocmai i-a inundat bucătăria. Și ce metodă mai simplă decât asigurarea culoarului de zbor al aromelor spre ultimele etaje ale scării? A, locatarilor de sus nu le place? Ghinion. De ce nu și-au cumpărat apartament la parter? În al doilea rând, îndeosebi vara, cuptorul încins degajă o căldură de care gospodina modernă se ferește cel mai bine asigurând ventilația prin deschiderea ușii. Se creează astfel un curent binefăcător, care răcorește frunțile perlate de sudoare ale vestalelor care oficiază în numeroasele temple gastronomice din cartier. În același timp, odată cu aerul cald, din bucătării se revarsă și altceva. Fie știrile de prânz răcnite de un radio cu baterii și paraziți, fie muzica populară care însoțește vesel prepararea iahniei sau a chiftelelor, fie duduitul mașinii de spălat care se aude de undeva din fundul apartamentului. Cotizația fonică a fiecărui apartament de pe palier e variabilă, dar se achită fără restanțe.

Pentru ca extazul să fie deplin, cel puțin două dintre cele patru nesimțite cantonate în casa scărilor sunt tari de ureche. Logic, ele au impresia că nu sunt auzite și atunci înlocuiesc rostirea ponderată cu strigăte de clăcaș la horă. Emisiile lor trec prin pereți și prin ușile rămase închise ale celorlalți vecini și umplu întregul bloc. Convorbirile capătă un iz marțial, o belicozitate amenințătoare și hipnotică. Nu vrei să auzi nimic din ce se spune acolo, dar ceva te atrage ca un magnet și te face să te apropii pe vârfuri de ușă. Abia când ai ajuns la granița propriului apartament constați că mersul tău furiș n-a avut nici un rost: cvartetul de guralive n-ar auzi nici dacă s-ar declanșa alarma antiaeriană.

Dacă într-o primă fază casa scărilor e folosită pe post de salon de conversație, cu timpul rosturile ei se diversifică. Totul e să ai spirit de inițiativă și curajul de-a face prima mutare. Să luăm, bunăoară, tranșatul cărnii pe măsuța de pe palier. Iată o activitate care se desfășoară tot mai des în văzul lumii. La ora actuală, doar aguridele surpate de o pudoare clinică sau pur și simplu neatente la exemplul vecinelor cu idei își mai permit constrângeri locative pentru ciopârțirea unei carcase de porc. Celelalte operează la vedere și – mai ales – la auzire. Carnea cu os se așază cu mișcări îndemânatice pe masa cu pricina, iar apoi porționarea decurge măsurat și grijuliu. În casa scărilor răsună lovituri surde, bufnituri fioroase și în general zgomote mai apropiate de dărâmarea unui perete decât de tăierea unor bucăți de carne pentru friptură. Uneori măsuța din casa scărilor se preschimbă în proteză logistică pentru baterea și frăgezirea șnițelelor. Nesimțita scoate din dulap ciocanul-toporișcă, pune pieptul de pui sau pulpa de porc pe lemnul umed al mesei și declanșează ofensiva. Cine deschide ușa la alt etaj și-i aruncă priviri ofuscate gospodinei este întâmpinat cu ocheade sfidător-ostile. „Fă-mi ceva, dacă poți. Să te văd."

Un alt lucru peste care nu se poate trece este că nici o discuție în acest spațiu, oricât de spumoasă, nu e întreagă fără aditivii tradiționali: o țigară, o pungă de semințe, ba chiar o țuiculiță din sticla ocrotită cu sfințenie de raziile soțului întors de la muncă. După două ore de dezbateri și de decojire frenetică a bomboanelor agricole, sub picioarele nesimțitelor se așterne un covor gri cu intarsii de mucuri, care scârțâie crocant sub pas. Covorul rămâne acolo și după ce locomotivele trenului conjugal se retrag în depouri, fiindcă ordinea pe scară e treaba femeii de serviciu. Pardon, de servici. Păi altfel de ce-o plătim? Să pună mâna pe mătură, dacă nu i-a plăcut cartea. În plus, doar n-o să-i cerem lu' madam administrator („adimistrator", în limbajul blocului) să-și înlăture urmele propriei mizerii. O fi democrație, dar până la un punct.

Antrenul crește spectaculos din clipa când în casa scărilor se instalează partenerii de viață ai nesimțitelor. Clădite pe afinități inebranlabile, cuplurile de pe palier savurează împreună plăcerea statului pe scară. Bărbații joacă un rol bine definit, de la care n-au voie să abdice. Unul dintre ei aduce vinul, al doilea contribuie cu sifoanele, al treilea prepară șprițul, iar al patrulea livrează muzica. Nelipsita muzică. Pentru o șuetă intimă și cordială, eticheta nu obligă la manele. E bună și muzica de pahar. Dar nu de orice tip, ci din aceea difuzată fără întrerupere de Etno TV, Taraf TV sau alte citadele lăutărești. Ce poate fi mai frumos decât să spargi semințe, să le povestești un episod din „Lacrimi de iubire" vecinelor care oricum de-abia așteaptă să-ți ofere varianta *lor*, să dai pe gât șpriț după șpriț și să îngâni refrene ale perdiției etilice, alături de pieptul păros și fruntea nădușită ale celui de care te-ai legat la bine și la rău?

Un caz care merită cu siguranță câteva rânduri este metamorfozarea casei scărilor în sufragerie sau în sală de mese. Asta se întâmplă de obicei în două situații: când gazda n-are chef ca musafirii să-i scape mâncare pe covor și se hotărăște să-i țină afară, sau când într-unul dintre apartamente are loc un parastas cu prea mulți invitați, dintre care ultimii sosiți rămân pe hol. Cine urcă atunci la etajul cu pricina are tristul privilegiu al slalomului printre mese, scaune și sticle. Într-o parte, niște oameni îmbrăcați în culori închise îndeasă în ei mâncăruri aduse de la bucătărie de o gospodină cu basma neagră pe cap, în partea cealaltă lumea benchetuiește volubil, fără oprelişti.

Nu e nevoie de mai mult de un ceas pentru o contaminare deplină. Veselia detașamentului de meseni ocazionali se împrăștie și asupra celor veniți la parastas. Un aer de chermeză se ridică deasupra meselor pe care, în semn de solidaritate, oaspeții le lipesc una de alta. Chiar și bucatele încep un balet al rocadelor, ca într-o mare familie regăsită. Se bea, se suspină, se râde și se plânge la comun. Cine vine de afară, e străin de bloc și vrea să străbată acest defileu cu versanți din pilaf, grătar, colivă și sarmale ca să ajungă la etajul de deasupra nu știe dacă trebuie să spună „poftă bună“ sau „Dumnezeu să-l ierte“. Intrusul se decide pentru un mormăit ambiguu, însoțit de o înclinare ușoară a capului, după care urcă petrecut de privirile încețoșate ale celorlalți.

Fapt interesant, atracția pentru casa scărilor se transmite din generație în generație. Când reprezentantele vârstei a treia stau prin case și aspiră nesățios crimele și violurile din știrile de la ora 5, locul lor e luat de femei între treizeci și cinci și cincizeci de ani, seduse de perspectiva unui colocviu amical pe teme de interes imediat: ce gresie și-a pus Tanța de la trei, de câte ori a divorțat Nela de la parter, cât de rău îi stă tunsă lui Mimi de la opt, cât mai costă kilu' de merluciu la Cora, ce hram poartă cheliosul care vine din ce în ce mai des în vizită la Pușica de la șase și așa mai departe. Ștafeta trece apoi în mâna noului val, reprezentat de un stol de pupeze gălăgioase, între zece și treisprezece ani, care transformă casa scărilor în loc de joacă, birou pentru făcut temele, cabină telefonică, loc al prezentărilor de modă și spațiu pentru interminabile probe de limbuție stridentă. Afară sunt douăzeci de grade, parcul e peste drum, totul invită la o gură de aer curat, dar viitoarele țațe rămân încăpățânate pe loc, gata să-și apere teritoriul preluat de la înaintași. Nu contează că zumzăiala și chicotelile lor îi deranjează pe ceilalți – în primul rând pe cei fără copii, care se simt nedreptățiți, cu atât mai mult cu cât știu că n-au avut nici un aport la sporul demografic al scării. După ce fetele gureșe sunt somate de părinți să vină înăuntru, în urma lor rămân bucățele de sticksuri zdrobite, ambalaje de ciocolată, sticle goale de suc și nelipsitele coji de semințe. Căci un lucru e sigur: cu tradițiile de la bloc nu te joci.

Sigur, fațetele nesimțirii „la comun“ sunt multe și diverse. De exemplu, noaptea târziu, când lumea doarme, sub geamurile întunecate poposește fără un calendar anume o trupă de vorbăreți tineri, care încing discuții în contradictoriu până când luminile încep să se aprindă, iar capetele să se ițească enervate pe fereastră. Pe de altă parte, simpla deschidere a cutiei poștale are ca urmare un gest desprins tot din codul proastelor maniere. Nesimțitul scormonește înăuntru și dacă descoperă o scrisoare sau un aviz le vâră în buzunar. Dacă dă numai peste pliante și fluturași, le scoate din cutie cu un aer agasat și le azvârle pe jos. Ar putea să le arunce ori la coș (dacă urcă în apartament), ori în tomberon (în cazul în care pleacă de-acasă). Ei bine, nu. Nesimțitul le lasă să-i cadă din mână, dând impresia că are atâtea pe cap, încât nu se poate mobiliza pentru câteva secunde de bună-cuviință. Dar parcă nici o acoladă nu îmbracă mai bine ritualurile nesimțirii la bloc decât unul dintre sporturile extreme ale ultimilor ani: furtul de plante. Vorbim, de fapt, de o competiție interscări în care mici echipe de cercetași specializați în furtișaguri și găinării de cvartal șterpelesc, la ore mici din noapte, ghivece cu ficuși, crăciunițe, mușcate, palmieri pitici și în general orice poate fi mutat prin forța brațelor dintr-o scară în alta. Simplul fapt că unele ghivece sunt ancorate prin sisteme complicate de balustrade și că ingeniozitatea hoților surclasează toate măsurile de precauție ale proprietarilor arată că distanța dintre nesimțire și sminteală este uneori îngrijorător de mică.

forme ale nesimțirii curente

Alonja pretutindenară a nesimțitului nu mai e un secret pentru nimeni. Pe trotuar sau pe stradă, acasă sau la serviciu, în tren sau în autobuz, la televizor sau la petreceri, în magazin sau la restaurant, la volan sau la iarbă verde, la meci sau la înmormântare, nesimțitul nu ratează prilejul să polueze aerul și să scandalizeze asistența. Zgomotul, excesele și o sfântă nepăsare pentru cei din jur îi marchează invariabil comportamentul. Virusul nesimțirii are o tulpină în fața căreia nimeni nu poate întreprinde nimic. Nesimțitul paralizează eforturile de reformă și impune domnia propriilor criterii. Pașii lui fermi prin viața celorlalți denotă încredere, stimă de sine și conștiința infailibilității. Nesimțitul știe ca nimeni altul să facă abstracție de critici, să le închidă gura nemulțumiților și să transforme spațiul în care se află într-o arenă unde învingătorul e cunoscut înaintea luptei. Cu propriile arme nu poate fi înfrânt, pe celelalte le desconsideră trufaș. Un îndelungat exercițiu al nepăsării îi ștampilează fiecare contact cu semenii.

Viața mondenă a nesimțitului

În lumea tot mai cosmopolită în care trăim, nesimțitul participă la toate evenimentele mondene pe care și le poate îngrămădi în agendă. Ceea ce-l aduce acolo nu e curiozitatea sau interesul, ci dorința de a fi văzut, remarcat și băgat în seamă. Sigur, el nu poate fi tentat oricum. Ca să-l merite, ceilalți trebuie să ofere ceva. Un fursec, un pișcot, o grisină, un pahar de vin sau o cupă de șampanie. Evenimentul sec e un nonsens și trebuie expediat rapid, fără păreri de rău. Cine organizează un vernisaj sau o lansare de carte fără să se preocupe de catering nu e vrednic de atenție. Nesimțitul se păcălește foarte rar cu asemenea lucruri. Eventual o dată sau de două ori la început, după care un al nu știu câtelea simț îi arată unde are rost să se ivească și unde nu.

De obicei, la acest gen de întâmplare nesimțitul nu vine singur. Indiferent dacă are invitație – și indiferent dacă invitația e valabilă pentru una sau două persoane –, el apare însoțit. Și fiindcă timpul nu crește în copaci, nesimțitul nu își ia niciodată o marjă politicoasă – să zicem, măcar cinci minute înainte de începerea evenimentului. Doar neghiobii care se plictisesc acasă fac asemenea concesii pe timpul lor. Vrei să fii un nesimțit adevărat? Atunci, dacă lansarea sau vernisajul au fost anunțate pentru ora cinci, vino la cinci și douăzeci. Ai grijă și fă în așa fel încât amănuntul să nu le scape celorlalți. Profită de liniștea în care publicul îl ascultă pe primul vorbitor și trântește ușa librăriei sau a sălii de expoziție. În mod sigur, trei-patru persoane or să se uite în urmă și-or să te vadă. Doar am stabilit deja că miza reală a prezenței tale este efectul public. Noel Coward a spus cândva că „la televizor trebuie să apari, nu să te uiți". Și-atunci, de ce să nu extrapolezi?

Odată ajuns la locul faptei, caută din priviri zona în care se află tratația. Ocupă o poziție convenabilă și instalează-te în imediata apropiere a platourilor. Dacă ți se pare că vorbăria durează cam mult (și de obicei ți se pare), nu te sfii. Servește-te liniștit. Măcar acum ai de unde alege. Mai încolo, după ce se termină discursurile, se bulucește toată lumea și, Doamne ferește, rămâi pe dinafară. Dacă amica pe care ai târât-o după tine are un puseu de jenă, nu te lăsa impresionat. Taie-i macaroana ferm și ghideaz-o cum numai tu știi prin meandrele situațiilor de acest tip. „Pune, fă, mâna și basculează, că după aia nu mai pupi. Ce, crezi că stăm aici pân-apune soarele? Avem treabă și la Cărturești, e și-acolo o chestie de-asta mai târziu." Nu uita că mobilizările de acest tip trebuie făcute în gura mare. Șoaptele nu-și au rostul în democrație. Păi cum adică, nici acum n-ai voie să vorbești? De-aia ai murit în decembrie, la revoluție? Ei, drăcia dracului.

După ce ți-ai pus cât de cât burta la cale, după ce-ai râgâit mulțumit de paharul cu Pepsi pe care l-ai dat peste cap și după ce ai văzut că primul vorbitor tot n-a obosit, e momentul să treci la discuții sincere cu persoana care te însoțește. Fii volubil și critic deopotrivă. „Ia uite la nașparliu' ăla, ce costum și-a tras. Zici că-i cioclu, să moară Stalin." O să vezi că prietena o să-ți surâdă afectuos. A ras două cupe de șampanie, așa că nimic nu i se mai pare deplasat. Cu puțin curaj, o să înceapă și ea să emită judecăți critice, acoperindu-l cu tot mai mult succes pe vorbitor. „Fii atent la gagica aia, aia din stânga, s-a fardat cu bidineaua. Habar n-are de make-up, să fiu a dreac. Mai uită-te și tu la teveu, pațachino, și ia lecții." Dialogul curge firesc, netulburat nici de zumzetul vorbitorilor, nici de țâțâielile dezaprobatoare ale invitaților din fața ta, pe care doar o imensă milă te oprește să-i iei la palme.

Ce te faci însă când ajungi la eveniment și constați că locurile din zona platourilor au fost deja ocupate? Simplu. Te apropii jovial, iei un minipateu, îl molfăi cu voluptate și începi să vorbești cu gura plină. E imposibil să nu împroști în limite rezonabile. Stratagema dă roade în majoritatea cazurilor, așa că nimeni n-o să se atingă de farfuria asupra căreia ți-ai exersat zelul oratoric. Cât despre tine, nu fi copil. Nu ține cont de mutrele dezgustate ale celorlalți și de semnele pe care și le fac între ei. Important e că ai pus gheara pe pradă. Scopul scuză mijloacele, chiar dacă mijloacele nu au nici o scuză. Ba chiar poți să mai faci o mișcare care să-ți certifice succesul. Ia farfuria cu totul, mută-te undeva la margine și pune-te pe înfulecat. Nici un organizator de evenimente n-o să aibă curajul să-ți impute manevra. Vorbitorul spune lucruri atât de frumoase, iar primele rânduri ale asistenței sunt atât de vrăjite, încât destrămarea transei hipnotice ar fi o blasfemie.

Firește, există oricând și varianta luatului pentru acasă. Însă în cazul ăsta trebuie să vii dotat cum se cuvine. Dacă ești prevăzător, n-ai de ce să-ți faci griji. În timp ce omul de la microfon vorbește, fascinat de melodicitatea propriei voci și de natura sublimă a ideilor puse în circulație, scoate din buzunar o pungă boțită de nailon și treci la treabă. Trei bușeuri de aici, cinci fondante de dincolo, câteva sandvișuri de pe farfuria asta, doi pumni de alune de pe farfurioara cealaltă, niște pișcoturi de pe tava lunguiață, zece-cincisprezece măsline (nu stăm să numărăm) pescuite din bolul plasat în mijlocul mesei și gata. Simplu, elegant și eficient. Pentru o prăpădită de lansare e de-ajuns. Mai ales că nu este singurul eveniment la care iei parte în ziua în curs.

Dacă în toiul lansării se întâmplă să-ți sune mobilul, nu intra în panică. Răspunde netulburat și vezi ce poftește interlocutorul. S-ar putea să fie ceva important. Și chiar dacă nu e, care-i problema? Evident că nu ți-ai închis telefonul și nici nu l-ai dat pe mut. (Ar fi și culmea.) Pe de altă parte, nimeni n-are pretenția să ieși din librărie și să vorbești afară. Nu-i păcat să deranjezi atâta lume până la ușă? Unde mai pui că după aceea trebuie să te întorci. Alte eforturi, alt deranj. Și dacă telefonul mai sună o dată, ce faci? O iei de la capăt? Păi frumos îți șade? Nu, mai bine rămâi pe loc și angajezi un dialog lămuritor cu celălalt. „Da, moșule, ce faci? Io? Pe-aici, prin centru. Am intrat la ăștia, la cărți. Ce?

Da, bă, vorbește-un papagal. Nu pot, bă, că are microfon. Păi nu știu, mai am o cioacă peste-o oră. Nu, n-am cum. Decât mâine pot să vin. Hai că mai te sun eu. Hai sănătate. Hai vorbim. Hai te-am pupat. Hai pa pa pa."

Dar librăria sau sala de expoziții nu e singurul loc unde întâlnim această categorie de nesimțit. Nici conferințele sau simpozioanele simandicoase nu sunt scutite de prezența lui. În sala de protocol a unei bănci sau în holul unui hotel de cinci stele poți să asiști la același spectacol. Doamne îmbrăcate de firmă și domni la patru ace slalomează gracil printre mesele cu gustări, gata să disloce concurența prin mișcări îndelung exersate din cot sau din șold. În forfota deplină, poșetele se deschid și fac loc printre flecuștețele dinăuntru, alături de farduri, cheia de la mașină și medicamentele de control al tensiunii, unei ciocolățele, câtorva napolitane sau unui șnițel învelit în șervețel. Uneori nici solnița nu-i de lepădat, mai ales că i-ar sta foarte bine în oliviera descompletată de acasă. Câte-un participant inventiv se plictisește uneori de viermuiala browniană din jurul platourilor, așa că întinde o mână peste umărul celui din față, saltă dezinvolt o farfurie, navighează cu ea spre o fereastră deschisă, o așază pe pervaz, își aprinde o țigară și suflă fumul peste conținutul farfuriei, tocmai ca să le taie cheful amatorilor.

Cel puțin la fel de interesantă este reacția nesimțitului cazat la hotel cu prilejul aceleiași conferințe și informat că micul dejun este inclus în prețul care oricum nu cade în grija lui, ci a organizatorilor. Invitația nu trebuie ratată cu nici un chip, mai ales că nesimțitul a aflat că e vorba de un mic dejun suedez. În traducere, înghiți cât poți să duci și mai iei și în cameră. Dacă orele de servire a mesei sunt între șapte și nouă dimineața, la șapte fără cinci nesimțitul e deja la ușa restaurantului. El baleiază atent oferta și se decide fără ezitare. N-are importanță că la bucătărie ospătarii șușotesc ironic. Treaba lor. La fel de puțin contează că după acest tur de forță matinal nesimțitul riscă să i se facă rău și să rateze prima parte a lucrărilor. Cu atât mai bine. Rămâne în cameră și se uită la televizor. Acum, însă, e vremea să treacă la acțiune. Nesimțitul își pune vârtos în farfurie mult peste cât ar putea să mănânce. Doar e gratis. După ce își duce recolta la masă, se întoarce la locul crimei și, profitând că e încă singur în local, își asigură și aprovizionarea la pachet.

Cine intră după el în restaurant și își aruncă ochii asupra platourilor are impresia că bufetul tocmai a scăpat dintr-o tornadă sau că a fost ținta unei invazii recente a termitelor. Estetica bucatelor a fost pulverizată. Nesimțitul a făcut prăpăd cu lingura, spumiera sau furculița. Nici o farfurie nu mai păstrează aspectul inițial. Peste tot se văd urme de săpături înfrigurate, căci nesimțitul nu se mulțumește să ia dintr-o margine de platou, ci înfige tacâmul în mijloc, spre a culege și ridichea decorativă, măslina cu gogoșar, ceapa prăjită sau rondelele de morcov dispuse simetric. Nu e deloc de mirare că, la eliberarea camerei de hotel, omul nostru dispare fără să achite cele douăzeci de telefoane date la prieteni, la firme sau la nevastă, precum și consumația din minibarul pustiit fără remușcări. Tânăra de la recepție se sfiește să-i pună întrebări jenante și pe bună dreptate. Nesimțitul e director general și poartă costume de peste o mie de euro. A fost invitat aici prin amabilitatea USAID, a UNESCO sau a Fondului Națiunilor Unite pentru Dezvoltare. Cum să-l bănuiești de asemenea găinării?

La restaurant

Un alt loc în care nesimțirea e la ea acasă este restaurantul. Cel de sine stătător, nu cel situat la parterul hotelului. La fel ca la lansarea de carte sau la vernisaj, nesimțitul răsare în acest spațiu cu un alt scop decât cel tradițional. Restaurantul îi asigură decorul necesar manifestării unor aspecte specifice ale personalității. Potolirea foamei e unul dintre ultimele lucruri pentru care un nesimțit ar intra pe ușa unui local. Doar limitații și nesătuii se duc la cârciumă ca să mănânce și să bea. Adevărata miză a prezenței în local este epatarea. A celor din jur, dar în primul rând a partenerei.

Pentru ca ritualul seducției să nu aibă nici cea mai mică fisură, nesimțitul respectă cu strictețe tot ceea ce a văzut la televizor sau la alți nesimțiți mai rutinați. Încă din secunda când intră în local, el se îngrijește de impactul asupra celorlalți. Lumea de la mese trebuie să conștientizeze vecinătatea înaltă a nesimțitului. Dacă se respectă, acesta se așază la masă înaintea partenerei, cu un aer de plictis suveran. E un tip ocupat, cu gândurile risipite concomitent în multe direcții, iar eticheta i se pare o tâmpenie fără margini. Cum adică, să-și ajute prietena să se așeze? Da' ce, singură nu poate? E schiloadă? Stă în cărucior? E coca mică? Nu poate să-și lipească fundul de scaun fără asistență tehnică? Poftim situație. E plin pământul de ciudați.

Nesimțitul tânăr își e dator sieși cu o probă de consecvență vestimentară. Dacă înainte de intrarea în restaurant avea șapca pe cap, așa trebuie să rămână și la masă. În primul rând, birtul nu-i biserică, să te descoperi când îi calci pragul. În al doilea, șapca face parte din identitatea omului. Ce facem acum, i-o știrbim de dragul unui moft? Nu-i normal. După cum este aberant să-i pretinzi nesimțitului să renunțe la ochelarii de soare pe durata mesei. Ei trebuie să-i stea în continuare pe nas, chiar dacă înăuntru e umbră și răcoare. Ochelarii de soare purtați în local nu sunt doar un capriciu al mârlanului de tip nou, ci îi dau ocazia să studieze clientela de la celelalte mese fără să-și dea nimeni seama încotro se uită. Poate că o filează pe bruneta din colț, care ascultă confidențele unui ins puriu și plin de bani. Poate că s-a oprit asupra roșcatei de sub instalația de aer condiționat, căreia îi cercetează decolteul cu priviri lacome. Sau poate că pur și simplu se uită în gol. Doar am spus că avem de-a face cu un om ocupat. Cine știe la ce afaceri complicate s-o fi gândind chiar în clipa aceea?

Dacă acceptăm ideea că nesimțitul excelează în arta de-a fi bădăran, atunci nu avem voie să trecem peste două dintre accesoriile obligatorii pentru toți reprezentanții categoriei: cheile de la mașină și telefonul mobil. Ambele trebuie scoase repede din buzunare și așezate pe masă. Între tacâmuri și pahare. Nu există carte de vizită mai expresivă pentru nesimțit decât aceste obiecte mici, dar atât de importante. Ele semnalează tuturor, începând cu partenera căzută deja într-o admirație fără granițe și sfârșind cu chelnerul care ia comanda, că respiră același aer cu o persoană cu statut. Unii caraghioși își țin cheile ascunse în fundul buzunarului sau chiar – o enormitate fără margini – își închid mobilul cât timp mănâncă. Asta e, vorba unui politician în plină ascensiune, „sfidător la cer“. Nu-i poți cere unui impetuos în ale nesimțirii să se convertească brusc la discreție. E ca și cum ai aștepta derapaje frivole din partea unui ayatollah sau alegeri libere într-o țară condusă de o juntă militară. Mai mult, în clipa când dă semne de viață, mobilul trebuie lăsat să sune de trei-patru ori înainte ca nesimțitul să răspundă. E cazul să vadă și tolomacii din jur că soneria de apel nu e un simplu zbârnâit, ci un fragment din Boccherini, Sarasate sau Brahms. Nu de alta, dar ca să știm cum stăm la capitolul cultură generală.

Ar fi nedrept să nu ne oprim și la atitudinea nesimțitului față de persoana pe care a scos-o (deși mai corect ar fi „a remorcat-o“) în oraș. Din capul locului, nu avem de-a face cu o propunere căreia partenera îi consimte, ci cu o somație fără variante de răspuns. Ceea ce aude tânăra astfel răsfățată nu este „Vrei să mergem undeva să mâncăm?“, nici măcar „Auzi, ție nu-ți e foame, că eu aș cam hali“, ci „Gata, curu-n mașină și la crăpelniță. Hai, mai nervos, că n-am timp“. Și la restaurant, ca de altfel peste tot pe unde se afișează în compania nesimțitului, făptura care-l însoțește face figură de anexă. Rostul ei rămâne pur decorativ. Și-a păstrat câteva drepturi fundamentale – să clipească, să respire, ba chiar să comande un grătar și-o salată –, dar în rest trăiește și funcționează prin procură. Este un obiect vorbitor de plan secund, o arătare docilă și dependentă, un breloc cu breton, un trofeu cu sâni. Nimic n-o îndreptățește să aștepte de la cel cu care împarte masa altceva decât o neglijare totală. O ignorare masivă. Locul ei este undeva în decor, alături de alte elemente de recuzită. Și asta fiindcă nesimțitul are grijă să se scoată pe sine în prim-plan, penalizând cu vorba, iar uneori cu fapta eventualele gesturi de frondă ale persoanei de alături. „Caută mereu prim-planul. Încearcă să fii contaminant.“ În caz că ați uitat, acesta este punctul șapte din decalogul nesimțitului.

Dialogul eroului nostru cu ospătarul are particularități bine conturate. Din capul locului, el trebuie purtat cu voce tare. Cât mai tare. Să audă toată lumea cum comandă el cocteil de batog și langustine cu sos rémoulade. Ce, e rușine? Nu e. Nesimțitul se bucură când vede capetele altor meseni întorcându-se spre el cu expresii dintre cele mai diverse. Unii îl privesc intrigați, alții se abțin cu greu să râdă, alții își dau ochii peste cap excedați. N-au decât. Au impresia că dacă vorbesc cu prune-n gură și-și murmură comenzile la urechea ospătarilor sunt mai interesanți. Vai și-amar de ei. Sunt niște acrituri triste, care habar n-au cum se trăiește în ziua de azi. Comanda trebuie făcută decis, răspicat, la limita răstelii. Fapt foarte important, ea n-are voie să includă două cuvinte primejdioase, din fondul interzis al limbii: „vă rog". Doar o formă gravă de paralizie a minții poate duce la asemenea abateri. Cum să-l rogi pe ospătar? De ce e pus acolo, nu ca să te servească? Păi atunci ce rost are rugămintea? Mai mult, „băiatu'" (alintat cu acest apelativ chiar și atunci când are peste cincizeci de ani) primește un salariu pentru că-ți aduce mâncarea, iar tu plătești consumația. Ești client, fir-ar să fie. Nu cârlig de rufe, nici glugă de coceni. De când îi roagă clienții pe ospătari? A, dacă mâncarea era pe gratis, mai treacă-meargă. Dar așa...

Și tot referitor la rugăminte, nesimțitul e perfect conștient că ea se practică doar de jos în sus. De pildă, el, Sile, poate să-l sune pe Moalfă din Baicului și să-l roage să-l mai păsuiască două-trei zile cu datoria. („Hai, bă, te rog io, vineri ai mălaiu', să moară ce-am mai scump.") La restaurant însă, mai normal ar fi să te roage ospătarul să te lași servit decât să-l rogi tu pe el să-ți aducă o cafea. Nesimțitul își dă seama că lumea din jur are criterii fanteziste și fără urmă de simț practic, ceea ce-l ambiționează în direcția unei reforme din mers. Reforma cu pricina presupune totodată renunțarea imediată la un alt cuvânt infamant: „mulțumesc“. Aici sclifoseala frizează deja patologicul. „Mulțumesc“ în sus, „mulțumesc“ în jos, toată ziua bună ziua „mulțumesc“. Vorba americanilor la Pearl Harbor, *this will have to stop.**

Pe de altă parte, comenzile oțărâte ale nesimțitului în mijlocul localului, găunoșenia fiecărui gest și atitudinea de ins urzicat încă din clipa venirii pe lume nu se potrivesc deloc cu formulele de genul „mulțumesc“ și „vă rog“. Rectific, „*te* rog“. Căci o altă constantă a nesimțitului ieșit la restaurant cu perechea este tutuirea necondiționată a personalului. Iar asta nu e o dovadă de familiaritate, ci de situare pe un palier superior. Nesimțitul tutuiește fără să i se permită în general, dar cu atât mai mult în localuri, când vrea să arate că între el și ospătari se întinde o distanță insondabilă. „Adu' și mie un coniac“ sună incomparabil mai bine decât „Vă rog să-mi aduceți un coniac“. Dacă-l prinzi în toane bune, nesimțitul va adăuga comenzii un „mânca-ți-aș“ atașant, semn că încă nu are reproșuri majore față de felul cum a fost servit.

Lucrurile se schimbă dacă nesimțitul are de-a face cu o ospătăriță. Iar dacă nefericita e tânără, atrăgătoare și îmbrăcată cu o fustă scurtă, stilistica lui cotește decis spre repertoriul cazon. Asta

---

* Asta nu mai poate să dureze.

înseamnă aluzia deocheată, ciupitul de fund și ochii înfipți în decolteu. „Vezi că mi-a căzut batista, ridică-mi-o și mie“, ordonă nesimțitul când constată că ospătărița nu poartă sutien și are o înzestrare pectorală generoasă. Terorizată de eventualitatea reclamației în caz de nesupunere, fata se apleacă stângaci, străduindu-se să nu dezvăluie chiar tot. Nesimțitul o inspectează cu un rânjet lubric și conchide în gura mare: „Ce pepeni ai, de crescătorie, să fiu al dracu’“. Totul se petrece sub ochii partenerei / prietenei / soției care se chinuie de pomană să ignore episodul. Și poate că nici nu-i prudent să-l ignore, fiindcă de multe ori nesimțitul așteaptă acolade pentru abordarea îndrăzneață, fără prejudecăți, a ospătăriței.

Cum însă ieșitul la restaurant presupune în cele din urmă consumarea mâncării comandate, la un moment dat nesimțitul renunță la măgării și se concentrează asupra bucatelor. Spectacolul seamănă binișor cu furajarea unui animal domestic. Masculul hotărât să doboare recordul mondial în materie devine centrul de emisie al unor sunete greu clasificabile. La urechile vecinilor de la celelalte mese ajunge un potpuriu de sorbituri, spârcâieli, pleoscăituri, icnete, molfăieli și leorpăieli care culminează cu o râgâială scurtă și definitivă ca un foc de armă. Câțiva curioși își asumă riscul și se întorc. Retina lor se lipește de un ins lăbărțat deasupra farfuriei, cu coatele sprijinite temeinic de masă și aflat în plin efort de golire în trei minute a unei farfurii de care oamenii normali se ocupă în cincisprezece-douăzeci. Fenomenul se repetă între aceiaşi parametri la felul doi, când prietena încă n-a terminat ciorba.

După ce spală vesela, strângând cu bucăţele de pâine ultimele urme de sos, nesimţitul decide să ridice ancora. Îşi priveşte compătimitor jumătatea, care încă n-a ajuns la nivelul de performanţă aşteptat, şi cere nota cu un muget grăbit. Lasă un bacşiş mai mare decât s-ar cuveni şi nu uită să-i dea instrucţiuni de folosire ospătarului. „Ţine, tată, să ai de-un meniu la MacDonald's. Să trăieşti." În timp ce ospătarul se retrage de la masă, partenera nesimţitului mai înghite câţiva dumicaţi şi dă gata o treime din salată. I-ar plăcea să termine de mâncat, mai ales că-i e cam foame, dar n-are noroc. „Gata, hopa sus, că ne-apucă Revelionu'", o îndeamnă nesimţitul, ridicându-se exemplificator. Fata îl urmează supusă, căci la el sunt pâinea, cuţitul, cheia de la maşină şi carnetul de cecuri.

La teatru, la film, la Operă...

Conectat la farmecul vieţii citadine, nesimţitul nu poate lipsi dintr-o sală de spectacol. La teatru sau la film, la Operă sau la Ateneu, prezenţa lui a devenit o certitudine de nezguduit. E imposibil să intri într-un asemenea spaţiu fără să descoperi, mai devreme sau mai târziu, că nici aici nu eşti în siguranţă. „Pătrunde pretutindeni. Nu te lăsa marginalizat."

Așa sună, dacă țineți minte, punctul trei din decalogul nesimțitului. Iar omul nostru are destule minusuri, însă manifestă un respect de-a dreptul mistic pentru cele zece porunci care-i definesc personalitatea și caracterul.

Ce trebuie să faci ca să fii un nesimțit autentic în sala de spectacol? Întâi de toate, să întârzii ca mireasa la oglindă. Puține lucruri sunt mai greu de suportat pentru nesimțit decât punctualitatea. Aceasta este politețea regilor, cu o vorbă a lui Ludovic al XIV-lea. Numai că nesimțitul nostru are alibiul traiului în plină republică și privește cu dezgust și neîncredere vorbele fine ale trecutului. El e ancorat în prezent și trăiește după norme proprii. Nicăieri în Constituție nu există vreun paragraf care să te oblige pe tine, cetățean al României de azi, să intri din timp în sală. Mai ales că ai făcut-o o dată și-ai pierdut un sfert de oră până să se ridice afurisita aia de cortină. Pe lângă asta, nesimțirea și politețea sunt incompatibile. Așa cum nu pot încăpea două săbii în aceeași teacă, tot așa nu-i poți cere mârlanului să fie curtenitor.

Intrarea nesimțitului în sală după începerea spectacolului – teoretic interzisă, practic la ordinea zilei – se soldează cu un mic exercițiu de înviorare pentru ghinioniștii care au bilete pe același rând. Eroul ridică zece oameni ca să ajungă la locul lui, iar pe trei dintre ei îi calcă apăsat pe picior. Cine așteaptă scuze nu știe cu cine are de-a face. Nesimțitul nu își cere iertare din principiu. Nu fiindcă n-ar avea conștiința propriilor greșeli, ci fiindcă sfidarea celorlalți face parte din planul de contaminare. După câteva secunde de orbecăială, el constată că biletul se află în partea cealaltă a sălii. Se întoarce, are grijă ca de data asta să calce pe altcineva, dă ocol câtorva rânduri de scaune și repetă operațiunea.

Dat fiind efortul depus, nesimțitul știe că merită o mică recompensă. Se caută relaxat prin buzunare, de unde scoate una dintre cele cincisprezece bombonele cu fructe fără de care nu pleacă niciodată de-acasă. Desfacerea ambalajului e întru câtva anevoioasă, însă asta nu-l demobilizează pe nesimțit. După o foșneală care durează cam o jumătate de minut, bomboana este eliberată din lipicioasa ei captivitate și introdusă delicat în gură. Ce se întâmplă cu ambalajul? Este aruncat pe jos, eventual împins cu vârful pantofului sub scaunul vecinei. Câțiva dintre scrobiții din fața lui s-au întors între timp spre el, săgetându-l cu priviri dojenitoare. Nesimțitul zâmbește șmecher și le face cu ochiul. „Ce-i, nene, vreți și voi? N-are tata, că v-ar da."

La câteva minute după începerea spectacolului, în mijlocul publicului care soarbe scena din ochi, nesimțitul e deja edificat: ceea ce vede nu-i pe placul lui. Nu își dă seama ce anume îl contrariază și de fapt n-are importanță. Cert este că aștepta o cu totul altă desfășurare de forțe. Când și-a cumpărat bilet, i s-a părut că titlul – *Așteptându-l pe Godot* – anunța lucruri interesante. Când colo, iată-l condamnat la o plictiseală feroce. Doi inși se plimbă de la un capăt la altul al scenei și vorbesc de-ale lor. Tăceri lungi, priviri albe, minute întregi de nemișcare. Din când în când mai apare un ciudat, dar nici ăla nu-i mai breaz. Alteori indivizii pleacă de pe scenă și te lasă în fața unui decor second-hand, încropit probabil din resturi uitate prin magazie. Culmea e că pentru așa ceva mai trebuie să dai și bani. Artiști, cică. Viziune. Aiurea, o batjocură în toată regula. Nesimțitul își aduce aminte că a citit undeva o caracterizare tranșantă a piesei: „O aiureală în care nu se întâmplă nimic de două ori". Inițial a crezut că-i o glumă, dar uite că exact așa stau lucrurile.

Și fiindcă tot n-are nimic mai bun de făcut, nesimțitul scoate mobilul din buzunar și se pune pe trimis sms-uri. Fiecare literă tastată pe display scoate un clinchet mic, care atrage atenția celor din jur. Vecinul din dreapta emite un suspin aluziv, dar degeaba. Nesimțitul nu reacționează. Își vede mai departe de mesaje, hotărât să umple cumva timpul pierdut contra cost printre snobii ăștia moșmondiți. După trei sms-uri, o doamnă de pe diagonală se întoarce și-i susură conspirativ: „Se uită Dinică la dumneavoastră". Nesimțitul își suge măselele gânditor, cercetează cu atenție scena, constată că femeia spune adevărul și se decide pentru un salut apt să dinamizeze nițel atmosfera. „Hai noroc, nea Paraipane. Respect." Rumoarea din sală îi dă de înțeles că și-a atins scopul. Buuun. Ar fi timpul să mai păpăm o bomboană. Zis, foșnit și păpat.

La cinematograf, scenariul suferă modificări importante. În primul rând, nesimțitul nu vine singur, ci fie cu perechea, fie cu gașca. În al doilea, aici folosirea telefonului mobil nu mai este privită cu aceeași adversitate ca la teatru, unde mândrul posesor avea parte imediat de figuri constipate și de reproșuri șoptite. La film poți să vorbești cu jumătățile de oră. Dacă rulează un thriller sau un film istoric, hărmălaia instalației quadrofonice e atât de mare, încât nu te auzi nici dacă răcnești din toți bojocii. În plus, sala de cinematograf pune la dispoziție destule variante de divertisment în afara filmului propriu-zis. La mare preț se găsește, de exemplu, pocnirea pungilor cu floricele imediat după consumarea conținutului. La intrarea în sală nesimțitul se aprovizionează cu suficientă muniție pentru o proiecție de minimum două ore. Prima etapă a activității lui de spectator constă în hăpăirea nervoasă a floricelelor, de preferință cu gura deschisă și cu o ușoară mișcare de rotație a maxilarului, astfel încât la urechile celor din jur să ajungă măcar o parte din expresia sonoră a efortului. Imediat după ce observă că nu mai are nimic în pungă, nesimțitul o duce la gură, o umflă și o face să pocnească zgomotos, printr-o pălitură scurtă cu podul palmei. Efectul e garantat. Doamnei din față i se năruie cocul din cauza sperieturii, iar fragila ei fată, cuibărită pe scaunul de alături, suferă primele semne de aritmie.

Un caz aparte îl reprezintă nesimțitul care își aduce amica la film pentru ca aceasta să-i admire cunoștințele și memoria. Individul a văzut deja filmul, așa că e la curent cu tot ce se întâmplă pe ecran. Asta îi dă prilejul s-o avertizeze cu voce tare pe fătucă și s-o pregătească pentru întorsăturile bruște de situație. „Să vezi ce carabe le trage ăsta mic la gabori. Acum, ia fii atentă. Hopaaa." Fata aprobă încântată din cap. Al naibii Gigi, cum le știe el pe toate. „A, uite fază mișto aicea. Vine bărbatu' la blonda aia și-o găsește cu altu-n pat. Cască ochii, să vezi cum le împrăștie creierii pe pereți." Lumea din jur ar prefera, desigur, să vadă filmul fără comentarii, dar asta înseamnă să ai pretenții absurde. Singurele perioade când nesimțitul tace sunt cele în care încearcă să-i bage mâna pe sub fustă fetei sau să-i pipăie sânii. Eventualele ei împotriviri declanșează o mânie prost strunită. „Stai, fă, că nu te-omor. Și e-ntuneric, nu vede nimeni." Dacă fata are nefasta inspirație să pretindă că vrea să vadă ce se întâmplă în continuare, nesimțitul vine imediat cu soluția. „Păi îți spun eu. Băieții sunt pe felie, moșu' și ăla tânăr, da' la coadă boșorogu' se prinde că ălălalt vrea să-l luxeze și-i dă el țeapă."

Nesimțitul la cinematograf știe de asemenea să-și exercite spiritul critic, mai ales când se află în prezența partenerei. De dragul ei, a acceptat să meargă la *Troia*, chit că nu prea-i place că fata lui, cucerită cu atâtea sacrificii, se uită transportată la Brad Pitt. Timp de o oră și jumătate, omul rezistă pe baricade și iese din muțenie doar la scenele de luptă, când încurajează ca la fotbal pe oricine se bate cu playboy-ul ăla blond care fură inimi. Asta până când Ahile e săgetat în călcâi și moare. E momentul în care nesimțitul își clamează revolta atât față de șubrezenia scenariului, cât și față de slabele cunoștințe de anatomie ale celui care l-a scris. Unde mai pui că și regizorul e la fel de dobitoc. „Bă, ăștia-s nebuni? Cum s-o mierlești, frate, că ți-a spart unu' călcâiu'? Păi pe Ronaldinho îl lovesc ăia de cinșpe ori pe meci și n-are nici pe naiba. Filmu' lu' pește. Ți-am zis, pisi, să nu intrăm la porcăria asta, da' n-ai vrut."

Dacă ești un nesimțit animat de valorile spiritului de echipă, poți să vii la film cu șapte-opt colegi. Trupa se răsfiră în toată sala, fiindcă e un cinematograf de cartier, în care nu se mai împart bilete cu locuri. Fiecare stă pe unde-apucă. Spațierea corectă a invadatorilor asigură succesul unui joc care crește în popularitate de la o zi la alta: sticla traseistă. E o distracție fără reguli precise, ci doar cu un principiu elementar: iritarea spectatorilor – mulți, puțini – care și-au propus o vizionare tihnită, care să-i scoată pentru o sută de minute din vacarmul vieții cotidiene. La rândul ei, recuzita jocului nu are nimic spectaculos. Ea constă de fapt într-o sticlă plină (cu vin, cu vodcă, n-are importanță), pe care nesimțiții și-o pasează din spate în față și dintr-o parte în alta. Și fiindcă distanța dintre jucători nu poate fi acoperită prin simplă alonjă, metoda optimă e împingerea sticlei pe podea de la jucătorul A la jucătorul B și așa mai departe. Efectul e garantat îndeosebi când filmul care rulează e unul de atmosferă, bazat pe interpretarea actorilor și pe nuanțele vocilor lor. În miezul unui dialog murmurat între Anthony Hopkins și James

Fox, se aude brusc un duruit care dă fiori sălii. Ce să fie, tramvaiul care trece prin fața cinematografului sau metroul care circulă pe dedesubt? Nici una, nici alta. E doar sticla cu băutură, care circulă vijelios de la un nesimțit la altul, în hazul celorlalți șase. „Recepție, recepție. Coletul e la mine. Hai noroc." Și de data asta reacția sălii oscilează între furie mută și consternare. Sub ochii spectatorilor distrași, *Rămășițele zilei* se transformă brutal în *Rămășițele sticlei.*

Telefonul mobil, zis și celular, zis și portabil

Formele nesimțirii curente sunt din ce în ce mai bine slujite de cuceririle tehnicii. Am pomenit deja, de câteva ori, de rolul consistent pe care-l joacă telefonul mobil în mâna, la urechea sau pe masa de la restaurant a nesimțitului. Cercetătorului american Martin Cooper nu i-a trecut niciodată prin minte că invenția sa nu va fi doar un mijloc de comunicare nestingherită, ci și o modalitate de potențare a mojiciei. La ora actuală, telefonul mobil, zis și celular, zis și portabil, este parte integrantă a identității nesimțitului. Cu el la centură, nesimțitul știe că nu e singur în asaltul întreprins asupra normelor firești de conviețuire. În compania unui prieten atât de mic, dar atât de statornic, nici o redută nu mai pare inexpugnabilă. „Dați-mi un punct de sprijin și voi urni Pământul din loc", a glăsuit Arhimede. „Dați-mi un mobil și nimic n-o să mai fie cum a fost", este mottoul nesimțitului.

Mobilul este folosit când vrei și mai ales când nu vrei. Îl auzi la Ateneu, chiar când Horia Andreescu ridică bagheta și anunță începerea simfoniei. Îl auzi la conferința de presă a lui Placido Domingo, înainte ca oaspetele să răspundă unei întrebări puse de ziariști. Îl auzi în biserică, exact când preotul vorbește despre locul cu verdeață unde s-a mutat robul lui Dumnezeu (există, la drept vorbind, și cazuri când el sună de sub sutana preotului, invitându-i pe hâtri să parieze pe ziua, deloc îndepărtată, când soneria de apel se va auzi din sicriu, din buzunarul defunctului). Îl auzi la meciul de Cupa Davis, taman când Andrei Pavel ridică mingea deasupra capului și se pregătește să servească în ghemul decisiv al unui joc încrâncenat. Îl auzi în Parlament, când Tony Blair, invitat de onoare, le comunică aleșilor nației că Anglia sprijină eforturile de reformă ale României. Îl auzi la școală, pe banca elevului care nu și-a revenit din mahmureală, în timp ce profesorul îl bate la cap cu niște aiureli de logaritmi. Îl auzi în buzunarul chirurgului care tocmai a intrat în operație. Îl auzi în sesiunea de examen, când fie studentul, fie profesorul are de comunicat ceva ce nu suportă amânare. Îl auzi la invitatul într-o emisiune TV care nu poate fi convins să-l închidă, fiindcă așteaptă un mesaj vital (corolarul acestei situații e că-l auzi câteodată chiar și la moderator). Îl auzi la gala premiilor Uniter sau la semnarea unui protocol de colaborare cu o țară scandinavă. Îl auzi lângă troica de la Universitate, unde oamenii s-au adunat să aprindă lumânări. Îl auzi inclusiv la consfătuirile cu ștaif pe tema rolului dăunător pe care-l are vorbitul excesiv la mobil.

În sălile de conferințe, în saloanele de spital, în biserici, pe arenele de tenis și în sălile de spectacol, amfitrionii exasperați au început să lipească foi A4 pe care stă scrisă negru pe alb rugămintea expresă de închidere a telefoanelor mobile. Efectul e nul. E ca și cum ai vrea să fotografiezi vântul. E ca și cum ai implora o cascadă să se oprească. Așa cum întreg Aliotmanul nu se putea împiedica de un ciot, tot așa nesimțitul nu poate fi convertit la bunăcuviință printr-un apel jalnic și nesărat. Cum adică, să-ți închizi mobilul? Atunci ce rost are să-l ții la tine? Doar așa, ca să plătești un abonament degeaba? Poftim tupeu. Nu, nu. Ați calculat greșit. Nu nesimțitul se pliază pe cutumele celorlalți, ci invers. Cei care încă n-au asimilat această lecție simplă și utilă trebuie să se autoevalueze grabnic. E limpede că le scapă destule sensuri ale vieții la început de mileniu.

Pe stradă pur și simplu

Strada și trotuarul oferă, la rândul lor, cadrul optim de manifestare a nesimțirii. Aici nesimțitul excelează pe spații mici. Malacul care își aprinde ultima țigară din pachet și pe urmă aruncă pachetul pe jos vede coșul de gunoi aflat la zece metri de el, însă știe că folosirea lui ar fi o concesie inacceptabilă. Și totodată o trădare. Încă de când era copil și mergea cu taică-său de mână, a văzut că receptaculele verzui de pe marginea trotuarului erau evitate sistematic. Încet-încet, și-a format reflexul, iar acum lucrurile nu mai pot fi date înapoi. Șervețelul de hârtie, punga de semințe, coaja de banană, cotorul de pară, sticluța de suc – toate aceste resturi inutile ajung pe caldarâm și jalonează traseul nesimțitului printre semeni. Ce, Hansel și Gretel nu aruncau firimituri în urmă? Despre ei de ce nu zice lumea nimic? De unde și până unde această folosire injustă a dublului cântar?

Trotuarul a devenit de mult o zonă irespirabilă. Cine se încumetă la aventuri pedestre își asumă riscuri majore. Deplasarea în acest spațiu este un slalom haotic printre flegme, ambalaje și rahați de câine. Nesimțitul e un virtuoz al gesturilor intime săvârșite în public. Își suflă nasul cu zgomot și stropește trotuarul fără să se sinchisească. Se ascunde în spatele unui copac și-și face nevoile la lumina zilei. Își ronțăie voinicește hamburgerul și aruncă hârtia pe jos. Scuipă guma de mestecat când nu mai are gust, sperând să nu treacă mult până ca ea să se lipească de talpa unui pieton neatent. Se debarasează de tot ce-i prisosește, fără ezitări sau stângăcii. Străbate lumea cu un aer suficient și nepreocupat. Își iese din sărite doar când încerci să-l corectezi. Cât timp îl lași în treaba lui, nu e agresiv. Însă dacă vrei să-l supui unei cât de mici reforme, se revoltă neîntârziat, uneori chiar contondent.

Nesimțitul iubitor de animale aduce o notă aparte în acest peisaj. În cazul lui, avem de-a face cu un ins sentimental, care a văzut lumea, a luat viața în piept și a ajuns să reverse asupra câinelui iubirea pe care n-o merită ființele bipede. Cine îl ascultă simte că a nimerit în preajma unui om dezamăgit de propria specie. În plus, omul nostru a deschis ochii pe unde a fost și a observat nivelul de civilizație din alte locuri, inclusiv în ceea ce privește scoaterea câinelui la plimbare în spații publice. Abia când îl vezi în acțiune descoperi că admirația lui pentru Occidentul riguros e pur declarativă. Nesimțitul din această categorie elogiază simțul civic al apuseanului, dar nu se poate pune în situațiile umilitoare pe care le acceptă acesta. De pildă, în Germania proprietarul de câine are mereu în buzunar o pungă de plastic în care adună cotizația excrementală a patrupedului. Pentru nesimțit, o asemenea manifestare e o formă de pierdere a minților. Câinele este un animal sublim, un simbol al încrederii și devotamentului, un exemplu de prietenie dezinteresată, o statuie vie a fidelității, însă asta până își face nevoile în mijlocul trotuarului. Atunci el recade în postura cotarlei. Și oare cât de prost trebuie să fii ca să-i strângi rahatul? Oricum, e materie biodegradabilă. Două-trei ploi zdravene și gata, s-a făcut curat. Ce nevoie o fi de sclifoselile astea caraghioase – și degradante pentru rasa umană, în fond – nesimțitul nu poate pricepe.

O rudă îndepărtată a acestui specimen se apropie vijelios, în timp ce-ți faci plimbarea de seară, și-ți pune în vedere să-i dispari din raza de acțiune. E nesimțitul pe bicicletă, gata să intre în tine dacă nu te ferești. Te uiți nedumerit în jur și constați că ești pe trotuar. Ai, adică, tot dreptul să pășești calm și să te gândești la ce-ți place. Însă punctul tău de vedere nu coincide cu al nesimțitului. Acesta îți face minimul hatâr al unui claxonat nerăbdător, după care nu mai răspunde de consecințe. Merită să-i spui că n-are ce să caute pe-acolo? Doar dacă n-ai mai fost înjurat de mult. După ce-ți strecoară vreo două de dulce, nesimțitul încheie discuția pe un ton șuierat și repezit. „Mergi tu pe stradă, băi tăgârță. Vrei să mă calce mașina?“ Între aceleași coordonate s-ar desfășura și discursul nesimțitului pe role, dacă s-ar opri ca să te bage în seamă. În cazul lui, totuși, modalitatea de circulație printre pietoni îi îngăduie să nu-i avertizeze pe imprudenții care nu se lipesc de ziduri, ci să-i mături din drum cu ghionturi în plex însoțite de chiuituri victorioase.

Trotuarul este depozitarul multor manifestări de nesimțire. Pe el calcă neveste cocârjate sub greutatea bagajelor, vegheate de capi de familie care își transportă grijuliu sticla de bere pentru mici și meci. Tot pe el aterizează cojile scuipate pe bandă rulantă de amorezi care își rotunjesc iubirea sub binecuvântarea florii-soarelui sau a bostanului. Pe același covor asfaltic primitor aterizează mucurile aruncate direct pe geam de fumătorii care țin prea mult la scrumiere ca să le murdărească. Și tot aici nimeresc pielițele azvârlite pentru maidanezi, tampaxurile însângerate, foile de varză rămase de la sarmale sau chiar pungi de gunoi cu totul (îndeosebi când plouă, fiindcă atunci nesimțitul știe că stropii de apă n-ar face decât să-i compromită frizura gelată).

La plajă

Însă cine e curios are ce să învețe și de pe plajă, una dintre ariile predilecte de răspândire estivală a nesimțitului. Aici schimbarea de decor îi impune nesimțitului o utilă diversificare de registru. Marea care, vorba cântecului, „ne cheamă la ea" extinde inevitabil invitația și asupra personajului nostru. „Și-n apa mării / De pe-ntregul litoral", vorba altui cântec, se văd destule urme care atestă prezența nesimțitului, din iunie până în septembrie, pe nisip sau în valuri. Din puzderia de exemple mărturisitoare, câteva ies în evidență și merită pomenite.

Să zicem că ți-ai întins cearșaful devreme, la șapte și jumătate dimineața, când plaja e aproape pustie. Practicanții de arte marțiale și-au terminat antrenamentul și se retrag în camere. Sub umbrele stau câțiva câini ai nimănui, pe care soarele a început deja să-i moleșească. Vânzătorii de ziare, porumb fiert, cornuri, piatră de călcâie, semințe, sticle de nămol și CD-uri pirat încă n-au ieșit pe traseu. Fotografii nu s-au trezit nici ei. Marea foșnește îmbietor la câțiva metri de tine, iar vântul te mângâie din când în când cu adieri binefăcătoare. E bine.

E chiar foarte bine. Te întinzi satisfăcut la soare, închizi ochii și mulțumești cerului pentru ziua frumoasă de care ai parte. N-o fi asta cea mai bună dintre lumile posibile, dar tot se califică pentru un loc pe podium.

Ești singur cu gândurile tale. Sau cel puțin așa crezi. Numai că la un moment dat simți o atingere involuntară pe mâna întinsă sub cap. Îți spui că e, probabil, unul dintre cățeii care au obiceiul să se întindă lângă turiștii singuratici și îți vine să zâmbești. În aceeași clipă pe față îți aterizează niște nisip împrăștiat din apropiere, iar o voce aspră trasează sarcini precise: „Mișule, întinde bă cearșafu' ca lumea. Ginuța, scoate-ți chiloțeii și treci la soare. Marinuș, du-i casetofonu' lu' tati. Viviana, dă și mie sandvișurile și roșiile." Te ridici, te întorci pe burtă și descoperi o familie cu cinci membri, care s-a instalat la câțiva centimetri de tine. Te uiți dincolo de ei și cazi pe gânduri. O sută de metri la stânga și la dreapta, plaja e goală. În afara ta și a noilor veniți, abia dacă mai vezi trei perechi răzlețite pe o suprafață cât două terenuri de fotbal puse cap la cap. Perspectiva asupra zilei de plajă ți se schimbă considerabil. Forma asta de marcaj om la om te indispune la culme. Ceva se revoltă în tine și te face să-ți abordezi vecinii în cheie ironică. „Nu vă deranjez, nu?", îi întrebi, cu o îngrijorare prefăcută. „A, nu, nici o problemă", răspunde Mișu, capul familiei, care caută în geanta de plajă o casetă pe placul cvintetului.

În contrast cu nepăsarea afabilă a lui Mișu, vrednica mamă a Ginuței, a Vivianei și a lui Marinuș, pe care afli că o cheamă Bela (și care e grasă, urâtă și cu capsa pusă), te abordează direct, dându-și seama de sensul real al întrebării tale. „Ce-i, domnu', nu vă convine? Plaja e pentru toată lumea, să știți. Nu vă place, mergeți la Club Med." Încerci să faci abstracție de casetofonul din care năvălește neîndurător o melodie a celor de la O-Zone și-i spui femeii că s-ar fi putut așeza măcar la cinci metri distanță. „Ca să nu ne călcăm pe umbră." Însă Bela a crescut trei copii și nu acceptă lecții de la un nătăfleț care a venit pe plajă ca să stea singur. „Da' ce vă facem, domnu'? Vă facem ceva? Vă luați de viața noastră așa, hodoronc-tronc." În semn de protest față de acest dialog inutil, Ginuța, care și-a scos chiloțeii, conform indicațiilor, se ciucește cu mișcări exersate și face o baltă absorbită lent de nisipul care începe să ardă tălpile. Ochii tăi se mută asupra acestei mostre de întoarcere rousseauistă la natură chiar în secunda când tatăl intervine pedagogic și mustrător. „Păi se poate, Ginuțica? Așa te-au învățat mami și tati? Dacă vrei pișu', du-te-n apă și fă acolo."

Îți forțezi norocul și-i semnalezi părintelui că toaleta publică se află la treizeci de metri în spate. Dar Bela pune lucrurile la punct cu siguranța omului care gospodărește banii familiei. „E zece mii intrarea, domnu'. Dacă are nevoie fiecare de două ori la closet până după-masă, înseamnă o sută de mii. Ni-i dați dumneavoastră? Aud?" Între timp, Marinuș a terminat de mâncat o felie de pâine cu parizer și roșie, a făcut ghem șervețelul în care fusese învelită și l-a vârât în nisip, ignorând suveran coșul de gunoi plasat la trei metri în stânga. Viviana încă n-a trecut la micul dejun, dar a avut grijă să se apropie de casetofon și să-l dea la maximum. CHIPUL TĂU ȘI DRAGOSTEA DIN TEI / MI-AMINTESC DE OCHII TĂĂĂI, mugesc băieții de la O-Zone, provocând fuga speriată a cățelului fără stăpân și extazul participativ al Vivianei. Promisiunea unei zile tihnite s-a transformat într-o himeră. Ai vrea să pleci, dar plaja a început să se aglomereze. La cum arată acum, nu-ți garantează nimeni că n-o să nimerești din lac în puț. În plus, îți vine greu să accepți înfrângerea. Deja îți răsună în urechi râsetele disprețuitoare ale familiei după ce-ți vei fi făcut bagajul și-o vei fi luat la picior. Așa că rămâi pe loc, înjuri în gând și conchizi că nesimțitul și-a atins scopul: ți-a năvălit în spațiul vital și te-a adus în situație de mat imparabil.

Un alt tip de nesimțit al plajelor este cel care ți se insinuează sub umbrelă. Fără să te întrebe de sănătate, fără să-ți dea bună ziua, fără să-ți ceară voie. La fel de singur ca în cazul precedent, ieși pe plajă dimineața și prinzi una dintre umbrelele mari, înfipte adânc în nisip. Regula e simplă: cine vine primul își asigură dreptul la umbră spre prânz, când soarele dogorește nemilos și-ți găurește pielea. Așa ai crezut și tu. Drept urmare, te întinzi frumușel pe cearșaf sau în șezlong, așteptând să te încălzești suficient înainte să intri în apă. Din boxele fixate pe stâlpi răsună muzica obișnuită a vacanțelor. Din când în când, soarele se pitește după un norișor, pentru a străluci apoi cu și mai multă forță. Uf, e prea cald. O jumătate de oră la umbră, cu un ziar sau o carte, ar fi bine-venită. Dar... așază-te dacă poți. Sub umbrelă, sub umbrela *ta*, stau întinși doi domni corpolenți și o femeie care și-a păstrat rochia pe ea. Îi fixezi cu privirea, în ideea că la un moment dat o să te alegi cu o cât de mică explicație. Și, ce-i drept, explicația vine, după treizeci de secunde de contemplare reciprocă. „Stăm și noi aici."

Te uiți repede în jur, ca să vezi dacă nu cumva ești victima glumeților de la „Camera ascunsă". N-ai zice. Însă partea cea mai neplăcută este că, prevăzători din fire, musafirii nechemați și-au întins trei prosoape și în zonele aflate doar pe jumătate la umbră, anticipând corect că peste o oră-două vor trebui să se deplaseze spre noua zonă protejată. „Bun, și eu ce fac, dacă vreau să mă trag la umbră?" îi descoși pe nesimțiți, cu firava nădejde că vor împături măcar un prosop. Bărbații dau din umeri, iar unul dintre ei, un domn fin, cu școli înalte, îți servește o replică în franceză: *C'est le cadet de mes soucis**. Îl privești siderat, până când femeia îmbrăcată intervine solomonic: „Păi până acum ai stat numa' la soare, mamă. Ca șopârla." Te scarpini în cap, o iei din loc bombănind și-ți îneci frustrările undeva dincolo de geamandură, unde liota de copii în exercițiul micțiunii n-are cum să ridice temperatura apei.

---

* Numai grija asta n-o aveam.

Asupra petrecerilor din camerele de hotel cu pereți subțiri nu merită insistat, fiindcă ele copiază până la suprapunere rețeta bairamurilor de-acasă, de la bloc. Se cuvine, în schimb, pusă lupa pe unul dintre obiceiurile nesimțitului cu parale și tupeu: pătrunderea cu mașina pe plajă, până la câțiva metri de apă. Pentru o ispravă de soiul ăsta, ai nevoie, bineînțeles, de un automobil care să atragă atenția. Nu poți să dai buzna pe plajă la volanul unei rable delabrate, care tremură din toate cele și amenință să se dezmembreze la orice manevră bruscă. Nu, ca să te poți scălda în admirația prietenei (care compensează privirile chiorâșe ale oamenilor aflați deja la plajă) ai nevoie de ceva de soi. Un gândac argintiu de două locuri, o decapotabilă joasă, cu bord de aeronavă, un bolid care tremură nărăvaș sub picior.

Nesimțitul coboară din mașină cu aerul plantatorului ieșit să-i inspecteze pe negrii care strâng recolta. El afișează o expresie de siguranță de sine combinată cu sfidare. Merge agale, cu brațele în paranteză pe lângă corp, ca un halterofil medaliat, cu pasul lent și cu un kilogram de aur spânzurându-i de gât. Toată lumea e a lui. Se uită la cei pe lângă care își plimbă chintalul ca la niște viermi. Știe că face parte dintr-o categorie la care amărâții ăia nici nu visează. Mașina rămâne ca un eșuat de lux pe plaja tot mai plină. Dat fiind că e accesorizată după ultimele cataloage, i se declanșează alarma la fiecare apropiere a copilului care bate mingea, la amușinările precaute ale pudelului de pe cearșaful doamnei cu parasol, la orice pală de vânt și în general la toate modificările – mari sau mici – din peisaj. Rar trec două minute fără ca mașina să piuie enervant și isteric.

Incursiunea în universul nesimțirii estivale ar fi incompletă fără o scurtă referire la nesimțitul pe motoscuter. În fiecare început de zi, micile ambarcațiuni stau cuminți pe mal și își așteaptă mușteriii. Când le vezi la prima oră a dimineții, nimic nu-ți sugerează la ce performanțe pot să ajungă, mai ales dacă sunt folosite de cine trebuie. Abia după unsprezece începi să-ți dai seama că ai de-a face cu niște aparate pe care Comisia de la Geneva ar putea să le interzică, la un loc cu armele biologice, torturarea prizonierilor de război și momentele vesele ale lui Romică Țociu și Cornel Palade.

Sigur, oricine are bani destui poate să închirieze un motoscuter, să despice apa și să se avânte într-o plimbare departe de forfota turiștilor care joacă volei, se bălăcesc, își fac nevoile sau se sărută. Pe nesimțit îl recunoști însă în funcție de felul cum se comportă după urcarea la bord. Individul se crede la un raliu de a cărui câștigare îi depinde viața. Imediat după ce achită taxa, smucește decis motoscuterul și demarează în trombă, gata să facă bucăți pe oricine cutează să-i stea în cale. Se simte mai stăpân pe situație decât Leonardo Di Caprio la prova *Titanicului* și are grijă să ia martor toată suflarea. E drept, în unele locuri, există zone rezervate acestui tip de distracție. Dar nu peste tot. Nesimțitul adoră ca la întoarcerea din larg să dea iama printre turiștii aflați în apă, să-i sperie sau să-i provoace. Iar dacă ochiul lui vigilent observă o tânără care nu pare să aibă însoțitor, să te ții. Motoscuterul se îndreaptă direct spre ea, iar nesimțitul frânează la câțiva centimetri distanță, rânjind arogant și făcând să-i tremure bicepșii tatuați. În apă miroase a kerosen, iar din loc în loc pete uleioase marchează popasurile anterioare ale plimbărețului.

Cu nesimțitul la cumpărături

Formele de zi cu zi ale nesimțirii sunt multe și se manifestă în cele mai diverse locuri. În magazin, de pildă, nesimțitul dă buzna în fața ta la casă, afișând o grabă disperată. Ești singur la tejghea și în mod normal termini totul în treizeci de secunde. Degeaba. Nesimțitul ți se vâră viguros în față și rostește întretăiat: „Am bani potriviți. Iau și eu o sticlă de vin." Casierița nu știe ce să facă. Așteaptă o reacție din partea ta, însă aerul înfipt al intrusului te blochează. Dai din umeri neputincios, moment în care nesimțitul profită, întinde mâna pe raftul din apropiere și mai culege zece articole pe care i le întinde senin casieriței. „Și astea. Hai, că-i zor mare."

Tot în magazin, se întâmplă să dai peste exponentul categoriei dincolo de tejghea. De obicei, e o femeie, fără ca asta să fie o regulă. Intri în magazinul gol și aștepți. Și iar aștepți. Și tot aștepți. Femeia nu se sinchisește. Fie citește ultimul capitol al unei cărți de Sandra Brown, fie răsfoiește tacticos *Libertatea*, fie își măsoară forțele cu niște integrame. Ai un puseu de iritare și tușești aluziv. Degeaba. Femeia își vede de-ale ei. Îți dregi glasul, doar-doar o să se întâmple ceva. Într-un târziu, după ce tusea simulată e pe punctul să se transforme într-una reală, vânzătoarea își ridică privirea încărcată de un plictis cosmic, te măsoară neprietenos și te întreabă din vârful buzelor: „Doriți ceva?" Sigur, poți să adopți varianta răspunsului ironic: „Nu, am intrat să admir borcanele astea de compot. Sunt minunate, nu?" Dar o faci pe riscul tău, căci vânzătoarea se așază la loc și murmură atât cât s-o auzi: „Vă bateți joc de mine și mă țineți din treabă."

Ș.a.m.d.

Malacul care își scoate dobermanul la plimbare și-i veghează defecația în centrul geometric al trotuarului tot nesimțit se cheamă. Amatorul de aer curat și de natură care lasă un morman de resturi și ambalaje în pădure după spectacolul de sunet și lumină al grătarului manelizat intră în aceeași categorie. Tot aici trebuie încadrat șoferul de ambulanță care declanșează sirena și intră pe contrasens fiindcă l-a sunat consoarta și l-a anunțat că peste un sfert de oră e gata ciorba. Sau ospătarul care te ridică de la masa la care te-ai așezat și de pe care plăcuța cu „rezervat“ lipsește, invitându-te neceremonios să-ți cauți alt loc, „fiindcă aici stau clienții“. Inserția nesimțitului în fibra vieții de zi cu zi are loc implacabil și nu admite replică. Ești condamnat să te lovești de nesimțit în orice împrejurare. Și când ți-e lumea mai dragă, și când ai da orice pentru un dram de intimitate.

nesimţitul V.I.P.

Viaţa de zi cu zi şi experienţa curentă dovedesc că nesimţitul nu ocupă un areal bine delimitat. El nu are o grupă de vârstă predilectă sau o profesie anume, e de ambe sexe şi nutreşte convingeri diverse. Poate fi bărbat sau femeie, democrat sau liberal, adolescent sau bătrâior, arhitect sau tinichigiu, beţiv sau abstinent, entuziast sau blazat, slujbaş sau şomer, ortodox sau catolic, pompos sau simplu, avizat sau neştiutor, morocănos sau vesel. E la fel de greu să-l combaţi pe cât e de anevoios să-i faci portretul robot. Nesimţitul este un animal suplu şi decis, care îşi fructifică şansele şi îşi împlineşte agenda sintetizată în decalogul de la începutul cărţii. S-a spus cândva despre el că are însuşiri cameleonice. Dar oare chiar le are? Într-un singur caz, cel al traseismului politic, de care vom pomeni mai târziu. În rest, nesimţitul e mai degrabă opusul cameleonului. Amplasamentul lui face abstracţie de adaptarea naturală. Nesimţitul nu ia forma şi culoarea mediului unde încearcă (şi de obicei reuşeşte) să pătrundă, ci dimpotrivă, obligă mediul să se plieze pe toanele şi pe comportamentul lui.

Dacă până acum ne-am ocupat de nesimțitul de rând, acum a venit momentul să vorbim despre nesimțitul V.I.P. Despre cel care se bucură de recunoaștere publică, vizibilitate, concesii și statut. Despre nesimțitul cu ștaif, șamponat și elegant. Dusă e vremea gospodinelor care aerisesc butoaie cu varză murată în casa scărilor sau a petrecăreților care verifică indicele antiseismic al blocului prin rezistența la manele. Duse sunt călătoriile cu autobuzul sau cu trenul alături de nespălați și zurbagii. Trecut-a timpul grătarului în inima pădurii sau al vorbitului la telefonul mobil în mijlocul unui concert la Ateneu. Pe scenă avansează acum nesimțitul cu notorietate, despre care citești în ziar, pe care-l vezi la televizor, de care auzi la radio și care ți se adresează pe canale publice. Uneori el este alesul nației, alteori doar proiecția unui segment de populație care crede că și-a găsit modelul. Uneori are în spate încrederea masei de simpatizanți, alteori școala vieții absolvită cu brio. Uneori e politician, alteori vedetă media, iar alteori patron de club.

Una dintre condițiile obligatorii de afirmare a nesimțitului V.I.P. e să uite de unde-a plecat. Memoria selectivă și amnezia oportună sunt instrumente pe care acest tip de nesimțit știe să le folosească fără reproș. Nesimțitul V.I.P. nu privește înapoi și nu se sinchisește de contrastul dintre propria imagine de acum câtiva ani și cea actuală. Drumul lui în viață e drept, fără ocolișuri și întrebări. Nesimțitul V.I.P. a găsit liftul care-l duce unde trebuie: oportunismul, eventual garnisit cu o doză bună de șmecherie. Este genul de om care a plecat de jos și care știe multe. Marea problemă este că suirea pe soclu și autocontemplarea mândră au căscat o falie între el și cei pe care i-a lăsat în urmă. Izolarea carieristă și ambiția de-a răzbi spre privilegii l-au făcut să-și uite rosturile și mandatul. Acum el a devenit cel mult un impostor parfumat sau un distribuitor de promisiuni neîmplinite, de favoruri ilegale și de minciuni împachetate grijuliu.

V.I.P.-ul sindicalist

O categorie care ilustrează fidel nesimțirea V.I.P. este cea a sindicaliștilor ajunși lideri. Cei care urmează acest traseu nu se bizuie pe *the simple geommetry of chance**, vorba lui Sting. Șeful de grupă sindicală înfipt în piramida confederației sau inginerașul sfios ajuns voce publică a muncitorimii își leapădă pielea și își aleg o nouă identitate. Ei nu mai sunt lideri în atelier sau la linia de asamblare, ci aspiră la o nouă dimensiune. De aceea dezbracă iute salopeta sau halatul și se costumează conform rigorilor publice. Iar aici apare buba. Din clipa când simte că aburul notorietății îi gâdilă nările, exponentul acestei categorii începe să dea semne de inadecvare. Cum? Prin distanța pe care o pune între el și cei pe care susține că-i reprezintă.

---

* Geometria simplă a hazardului.

Forma clasicizată a acestei nesimțiri V.I.P. este opulența afișată de omul nostru la fiecare emisiune TV la care e invitat. Când îl vezi pe liderul de confederație în platou, ai sentimentul că ai nimerit la un rendez-vous cu un filfizon amorezat de sine, cu un playboy avut, cu un gigolo productiv și rezistent. În plină iarnă, liderul e bronzat, ceea ce sugerează fie folosirea solarului, fie revenirea dintr-un concediu petrecut peste mări și țări. Tenul lui ciocolatiu contrastează cu albeața maladivă a moderatorului. Costumul pe care-l poartă costă cinci salarii medii pe economie, la încheietura mâinii i se odihnește un Rolex echivalent cu prima de Crăciun a tuturor angajaților unei fabrici, iar acul de cravată valorează cât sporul de toxicitate al schimbului unu dintr-o exploatare minieră. Inelul cu lavalieră nu face decât să completeze ornamentica de profil. Pentru nesimțit, aceste lucruri nu înseamnă mare lucru. El trebuie să arate bine, fiindcă apare la televizor. A auzit câte ceva despre criteriul reprezentativității, dar e limpede că a înțeles greșit și a reținut ce nu trebuia.

Dar să dăm sonorul mai tare și să vedem care e tema dezbaterii. Moderatorul declară deschisă discuția despre parteneriatul dintre guvern, patronat și sindicate, așteptând intervenția fiecăruia dintre invitați. Reprezentantul guvernului se exprimă anost și clișeizat, potrivit obiceiului. Este o figură anonimă, pe care nimeni n-o va ține minte după încheierea emisiunii. Mesajul lui sună simplu și familiar: am vrea să vă dăm mai mult, dar nu putem. Nu avem de unde. Apoi ia cuvântul omul patronatului. E îmbrăcat corect, dar nu ostentativ. Știa că urma să dea peste reprezentantul „oamenilor muncii din fabrici și uzine", așa că a rezistat impulsului de a se înfățișa în toalete epatante. Discursul lui nu diferă substanțial de cel al guvernanților. Da, îi înțelegem pe salariați. Din păcate, atât putem oferi pe moment. Știți, e o afacere, nu o instituție caritabilă. Profit? Evident că vrem profit, din el acoperim cheltuielile cu munca vie. Contractul colectiv de muncă nu e bun? Păi, l-ați semnat. Rezultatele atrag recompense, nu invers. Mă rog, e dreptul sindicatelor să declanșeze lupta industrială și dreptul nostru să le tăiem ziua greviștilor.

E momentul când liderul de confederație simte că trebuie să apuce taurul guvernamental-patronal de coarnele bugetului. O face dregându-și nițel glasul, ca să-și anunțe privitorii că urmează o intervenție decisivă. După aceea se pune pe vorbit, având grijă să-și pigmenteze discursul cu gesturi ample, edificatoare. Întâmplător sau nu, mâna care i se agită febril este tocmai aceea împodobită cu accesoriile V.I.P.-ului. Abia acum îți dai seama că de sub manșeta călcată impecabil se ițește o brățară scumpă cât un concediu social la Călimănești. Mai știi, poate că sindicatele au decis să exemplifice la nivelul de sus că meseria e brățară de aur. Dar nu, eroare. Avem de-a face doar cu un bibil trendy, nu cu o metaforă deslușită. Nesimțitul V.I.P. nu sesizează privirile intrigate ale celorlalți invitați din platou. Continuă să vorbească, meșterind glumițe la adresa guvernului și afișându-și ceasul care sclipește trufaș și intermitent. Nu-și dă seama că le face un teribil deserviciu de imagine oamenilor care-i plătesc salariul și care și-au pus nădejdile în el. Și chiar dacă își dă seama, a ajuns pe un palier unde speculațiile de soiul ăsta nu-l mai interesează.

„Domnilor, am impresia că vorbiți de nasturi sau de conserve, nu de oameni. Dumneavoastră aveți idee cum ar trebui să arate coșul zilnic? Mai știți cât costă o pâine sau un ou? Lumea iese-n stradă mâine-poimâine. Țara fierbe și dumneavoastră stați cu mâinile-n sân sau dați din umeri. Am vorbit cu femei singure cu doi copii, cu muncitori pe care-i paște disponibilizarea, cu oameni care nu mai pot lucra fiindcă s-au accidentat la locul de muncă. Când ați fost ultima dată într-o fabrică, domnilor? Mai știți cum arată o hală de montaj pe dinăuntru? Dar, de fapt, ați știut vreodată? Întrebați-mă pe mine și vă spun. Situația e dramatică. Salariații nu se-ajung cu banii și n-au ce să le pună pe masă copiilor. Treziți-vă până nu e prea târziu."

Sindicaliștii simpli care se uită la televizor se freacă la ochi și nu le vine să creadă. Ultima dată când l-au văzut pe viu pe liderul de confederație a fost acum un an, la un meci al echipei de fotbal al cărei președinte de onoare este. Atunci a descins într-adevăr din tribuna oficială, însă doar ca să se ducă la vestiare și să-l porcăiască pe arbitru fiindcă nu i-a ajutat echipa să câștige. Din ziua aceea, nici o ieșire în teritoriu. Nici o întâlnire cu salariații. Iar dacă te duci la el, la centrală, nici nu se uită la tine. Are la ușă doi cerberi de care nu treci nici cu tancul. Și fii atent cum a venit la emisiune. Păi așa se-mbracă un sindicalist? Zici că-i la parada modei. Ghiulul ghiul, brățara brățară, Rolexul Rolex și pun pariu că n-a luat autobuzul până la televiziune. Ehe, dacă asta-i dreptate, mai bine lipsă.

La fel stau lucrurile când se anunță un marș urmat de un protest în fața guvernului. Salariații strânși la acțiunea de luptă sindicală vin la locul de întâlnire cu tramvaiul, cu autobuzul sau chiar cu trenul, căci mulți sosesc din provincie. Sunt transpirați, obosiți și fără chef. Au venit fiindcă li s-a cerut și fiindcă încă nutresc o umbră de speranță pentru ce va fi de-acum încolo. Se adună treptat și-și așteaptă liderul. La un moment dat, acesta își face apariția la bordul unei limuzine al cărei preț de catalog urcă spre douăzeci de mii de euro. Cei aflați în preajmă iau notă cu mutre acre de sosirea acestui campion al bunăstării, care pe vremuri îi cumpăra țigări maistrului, iar acum nu mai catadicsește nici să răspundă la salut.

Liderul parchează la câțiva metri de lumea căpiată de căldură, se desparte de confortul aerului condiționat și al muzicii *chill-out* și se dă jos ușor indispus de faptul că trebuie să piardă patru ore din viață cu o simulare fără consecințe. Mă rog, până la urmă trebuie făcută și povestea asta. Membrii simpli au nevoie să vadă că liderul e acolo, gata de luptă. Altfel, șeful confederal riscă să-și piardă creditul și să fie înlocuit la proximul congres. Iar asta nu i-ar cădea deloc bine. În patru ani de activitate, s-a îngrășat cincisprezece kilograme, a vizitat două continente, și-a terminat vila de la marginea orașului și și-a schimbat mașina de trei ori. Una peste alta, prezența lui în fruntea salariaților e un sacrificiu necesar. Cât despre sensibilizarea autorităților, e o glumă, firește. Și oricum, omul are alte planuri. I s-a promis deja un loc de senator în viitoarea legislatură, căci mai devreme sau mai târziu valoarea ajunge să fie răsplătită.

V.I.P.-ul politician

Politicianul nu are cum să lipsească din fresca nesimțirii carpatine. Conturul lui trebuie să se imprime pe toate discuțiile serioase despre identitatea națională și brandul de țară. Exponentul acestei categorii își dispută supremația în popularitate cu vedetele muzicale și cu fotbaliștii, ceea ce înseamnă că a preluat trăsături și de la unii, și de la ceilalți. La fel ca ei, politicianul nesimțit pendulează constant între două tentații: cea de a face spectacol și cea de a se da în spectacol. El are aceeași teamă de anonimat ca starletele house, dance sau tehno și aceeași lipsă de simț al măsurii ca dătătorii cu piciorul în minge. Lângă ele, nesimțitul din politică așază disprețul pentru lege și indiferența față de oameni, ambele rezultate dintr-o îndelungată cultură a sfidării.

Trișul, potlogăria, abuzul și furtișagul sunt reperele nesimțitului politic. Nimeni nu-l poate opri să profite de poziția dobândită în societate, de umbrela castei căreia îi aparține și de complicitatea solidară a confraților. Moneda sa de schimb e hatârul, iar deviza lui – „Fură tu, fiindcă altminteri fură alții". Senator sau deputat, șef de partid sau eminență cenușie, extremist sau moderat, de stânga sau de dreapta, secretar de primărie sau consilier local, nesimțitul politic lucrează fără să se gândească la ziua decontului. Prioritățile lui sunt uneori penale, dar asta nu-l stânjenește. Plasa de protecție nu are ochiuri lipsă, iar cine cotizează unde trebuie știe că nu are de ce să se teamă. Excepțiile de la regulă, cei care ajung să se îmbrace în zeghe și să vadă lumea printre zăbrele, sunt haiduci iresponsabili care nu pun preț pe munca în echipă și cred că pot să înșele așteptările clanului și vigilența căpeteniei.

Nesimțitul politic a auzit că peștele de la cap se împute, însă informația n-a avut efect. Ihtiologia nu i-a plăcut niciodată, iar sensul figurat al cuvintelor n-a ajuns să-l miște. Dacă peștele dezvoltă într-adevăr asemenea comportamente, nesimțitul o să aibă grijă ca la masă să-i îndepărteze capul cu furculița și cuțitul și cu asta basta. Totul trebuie discutat în termeni de saramură, plachie sau borș. Doar un inconștient se ancorează de înțelepciunea proverbelor când țara e lovită de năpastă. Bunăoară, de inundații. El, politicianul, știe că agenda îl presează și că oamenii așteaptă de la el măsuri și acțiuni coordonate. Unde mai pui că puterea exemplului galvanizează nebănuit. Așa stând lucrurile, are grijă să dea semnalul luptei cu stihiile. Sub flamura lui se vor strânge neîndoios și alții, iar pilda lui bună va asigura emulația necesară în clipele grele prin care trece comunitatea. Întâmplător, omul nostru e secretar la primăria unei comune izbite de șuvoaie. Iar situația în comună e disperată și reclamă o minte ageră și niște mâini abile. Ceva trebuie întreprins de urgență. Nimic mai simplu. Nesimțitul face proba supremă a solidarității empatice și fură din ajutoarele pentru sinistrați. Ce? N-are importanță. Conserve de fasole, pate de ficat, baxuri de apă minerală, sticle de ulei, orice. N-are importanță calitatea și valoarea prăzii, atâta timp cât nesimțitul a impus o atitudine și a fondat un stil.

Corolarul întâmplării (una decupată din realitatea imediată) este că, după ce pleacă de la serviciu, secretarul întreprinzător se dedică unei îndeletniciri care-l pune într-o cu totul altă lumină. Ce să fie, ce să fie? Apicultură? Nț. Grădinărit? Aș. Creșterea viermilor de mătase? Da' de unde. În timpul liber, nesimțitul politic este tenor în corul bisericesc din comună. Forma asta de schizoidie adaugă doza de pitoresc fără de care tabloul n-ar fi complet. Dimineața omul nostru își cufundă brațele în bunul altuia, iar după-amiaza psalmodiază cu evlavie și aplomb. Găinăria face loc pioșeniei. Pe Codul penal se așază duios cartea de rugăciuni. În cămară i se îngrămădesc cârnăciorii la conservă, în timp ce de pe buze i se ridică imnuri de slavă închinate Celui Fără de Păcat. Inundațiile vor trece, oamenii se vor întoarce de unde au fugit, însă viața în comună nu va mai fi aceeași. Corsarul conservelor a dovedit prin forțe proprii că legea selecției negative – dintre trei pungași, să-l alegem pe cel mai mare – a funcționat fără cusur.

Și promisiunile mincinoase sunt tot o formă de nesimțire politică. Retorica individuală se pune în acest caz în slujba exercițiilor de seducție. Vreme de trei ani și zece luni, lumea trăiește constant prost, bombăne, înjură și afurisește. Politicianul e pus la zid – nu fără motiv. Sastiseala crește de la o zi la alta, în raport invers cu încrederea. Omul de rând câștigă în mefiență, dar nu și în maturitate. Iar nesimțitul politic știe foarte bine lucrul ăsta. Odată declanșată campania electorală, spirala promisiunilor se înalță amețitor. La orizont se ivește primejdia unui alt gen de inundații: cele în lapte și miere. În două luni, politicienii scot din joben soluțiile magice pe care nu le-au găsit în precedentele patruzeci și șase. Se promite totul, începând cu creșterea pensiilor și terminând cu un concert Metallica gratuit. Armate de specialiști sunt convocate de nicăieri spre a confirma apropiatul triumf. Alegeți-ne și-o să ne pupați mâinile. Dați-ne voturi și livrăm la schimb ce vă poftește pipota. Puneți ștampila pe numele nostru și n-o să vă pară rău. Alegătorul – țăran, lăcătuș sau pensionar – e ridicat la rangul de partener înțelept pe al cărui discernământ mizează toți.

„Să cerșim de la cei care cerșesc", așa sună mottoul nesimțitului plecat la vânătoare de voturi. Forma explozivă a acestei strategii răsuflate este mita preelectorală. Inflația de fapte creștinești urcă la cote amețitoare înainte de alegeri. Pe străzi desfundate, pe ulițe fără canalizare, la poarta școlii sau a azilului de bătrâni opresc pe nepusă masă camioanele bunăstării de moment. Din ele coboară zdrahoni cu jachete pe care stă scris numele binefăcătorului. Lumea se strânge din reflex. Se dă ceva. Și e fără bani. Oho, ia să vedem. Și mă rog cine e milostivul? A, domnul X? Ehe, boierul tot boier. Ce om cumsecade. Asta e pentru mine? Toată punga? Daaa? Să-i trăiască familia. Bogdaproste. Ia să vedem. Două rude de salam, o cutie de bomboane, un pachet de cafea, trei pâini, o Cola la doi litri și... ăsta ce mai e? A, un fluturaș cu autograful domnului X. Și ce scrie pe verso? „Am toată-ncrederea în tine. Votează-mă și va fi bine." Ia te uită, e-n versuri. Și e chiar pentru mine. Domnul X mă cunoaște. Și mai spun unii că domnii cei mari de la centru sunt cu nasu' pe sus și nu vor s-audă de oamenii amărâți. Cârcotași, ce să zici?

Firește însă, marea arenă a nesimțirii politice rămâne parlamentul. Sub cupola lui, divorțul de buna-cuviință se petrece instituționalizat. Aici nesimțirea își demonstrează caracterul transpartinic și forța de contaminare. Și chiar dacă la Senat sau în Cameră au loc uneori răfuieli nedemne sau schimburi de injurii, după ce scapi de sub impresia clipei îți dai seama că ai în față un mecanism cu toate roțile unse, o mașinărie performantă, un sistem greu ameliorabil. Adevărat, pe holurile parlamentului mai vezi câte-un premier care se plimbă cu bicicleta. Ei, și? Adevărat, alteori dai peste un ziarist căruia un ministru tocmai i-a spus să aibă grijă că viața e scurtă, sau peste un politician expediat în misiunea de numărare a ouălor. Mă rog, tot un amănunt pasabil. Adevărat, distinșii domni se mai încaieră, dar nici ăsta nu-i un capăt de țară. Cusurgii prin vocație, așteptăm perfecțiune douăzeci și patru de ore din douăzeci și patru din partea unor oameni care își dau toată silința să păstreze România eternă și fascinantă. Când chemarea e atât de înaltă, are vreun rost să căutăm pete în soare și noduri în papură? Nu suntem caraghioși?

Nesimțiții din parlament își trag forța din felul în care întâmpină perioadele spinoase din viața țării. Fiecare val de scumpiri beneficiază de o ripostă tranșantă. La trei zile după creșterea accizelor, cvorumul întrunit votează fără emoții dublarea salariilor pentru parlamentari. La șaptezeci și două de ore după ce se anunță creșterea riscului de țară, înaltul for decide schimbarea parcului auto. De îndată ce statele sceptice emit obiecții față de ridicarea vizelor, aleșii scot pașapoarte diplomatice pentru neveste, copii, socri și cumnați. Fiecare castană a sorții peste scăfârlia nației este parată inteligent și eficace. Nimeni nu se poate plânge că parlamentul nu lucrează. Bieții oameni trudesc pe rupte, fiindcă drumul spre progres impune acomodări în viteză. Uite, nu mai departe de săptămâna trecută s-a dat în folosință piscina de la ultimul etaj. Iar acum o lună s-a inaugurat restaurantul de la mezanin. Credeți că-i ușor să lupți pe atâtea fronturi și să faci față atâtor provocări?

Ca dovadă că activitatea parlamentară vlăguiește, sunt tot mai dese cazurile când truditorii simt nevoia recuperării la locul de muncă. Aghioasele senatoriale țin pagina unu a ziarelor. Alesul e surprins prăvălit în scaun, cu gura larg deschisă, capul dat pe spate și coama leonină răsfirată pe spătar. Mâinile îi zac inerte pe lângă corp. Pieptul i se mișcă amplu, într-un ruliu și tangaj oniric, subliniat de horcăieli decise. Senatorul visează. Nimeni nu știe ce, dar pe buze îi înflorește la un moment un surâs mulțumit. După două minute, zâmbetul i se preschimbă în rictus. Pe obrazul puhav i se prelinge un firicel de transpirație, căci dormitul în pantaloni și sacou provoacă un mic disconfort termic. Când se trezește, senatorul se ridică în scaun și încearcă să-și dea seama cât de mult au avansat lucrările. Strădania nu ține mult. Înfrânt, senatorul inaugurează a doua rundă de picoteală cu conștiința datoriei împlinite. Azi nu prea are chef de intervenții în plen, dar, vorba lui Scarlett, și mâine e o zi.

Sigur, nesimțirea îmbracă și forme vivace în parlament. Una dintre ele este jocul de-a cartela. Dacă parlamentarul e reținut de treburi presante (o cafea la bufet sau tragerea la sorți din preliminarii, difuzată în direct la televizorul din restaurant), se va găsi oricând un coleg care să-l suplinească. În fond, legile care trebuie votate sunt atât de importante, încât orice absență poate fi percepută ca lipsă de interes. Iar dacă respectivul coleg nu are dexteritatea necesară folosirii clandestine a cartelei, soluția poate veni din exterior, sub formă de amică, nepoată sau cunoștință aflată întâmplător în zonă. E mai bine să votezi pe fals decât să nu votezi deloc. Politicianul nesimțit are păreri aparte despre spiritul civic și ține să le vadă concretizate. Bineînțeles, există riscul ca la încheierea lucrărilor să fie interpelat de un prăpădit de ziarist căruia i se pare că a făcut descoperirea vieții. Mă rog, e treaba și riscul lui. Dacă neisprăvitul chiar o caută cu lumânarea, la un moment dat o s-o găsească.

Dar nu toți parlamentarii dorm sau beau cafele. Sub cupolă trăiesc și spirite energice, pentru care fiecare secundă contează. E vorba de parlamentarii care fac mai multe lucruri deodată. Atenția lor distributivă l-ar face de râs pe Napoleon. Unii votează în timp ce efectuează revista presei, ținând mâna ridicată mult după încheierea votului, de parcă ar face semn că le curge sânge din nas. Alții se scobesc în nas și vorbesc la telefon. Alții studiază proiecte de lege și trimit e-mailuri prietenilor. Alții își fac vânt cu textul unei moțiuni de cenzură și studiază pe internet ofertele de petrecere a concediului în Bali. Alții joacă solitaire și se întrețin cu vecinii de scaun. Cu toții sunt oameni dinamici, ocupați și cu o grijă neostoită față de problemele celor care i-au trimis acolo. E o mândrie să-i privești.

Printre manifestările nesimțirii parlamentare se numără, evident, și chiulul în masă. Există zile când sala plenului se golește de parcă tocmai s-a anunțat găsirea unei serviete-diplomat dubioase. Teancul de legi n-are decât să aștepte zile mai prielnice. În viața fiecăruia vine un moment când simte nevoia să spună „Stop! Ajunge! Nu mai pot! Sunt om, nu mașină!". Numai cine a huzurit toată viața poate nesocoti acest tip de presiune. Ia să ne gândim. Cunoașteți vreun elev care n-a chiulit niciodată de la ore? Nu, n-aveți cum. Orice copil sănătos a avut zile când a dat cu flit școlii. Și-atunci de ce parlamentarul nu are voie să se desprindă periodic din tensiunile cotropitoare ale sesiunilor? Doar fiindcă l-am ales ca să fie prezent în sală, nu la mititei și amandine? Doar fiindcă încasează un salariu de zece ori mai mare decât cel mediu pe economie? Doar fiindcă de randamentul lui atârnă coerența și rigoarea legilor? Doar fiindcă beneficiază de privilegii interzise celorlalți? Ne copilărim, zău așa. Și nu se face.

Nu trebuie omise cazurile de politicieni care îmbină nesimțirea cu furtul. De data asta însă, nu mai e vorba de șterpelirea unor conserve sau de înfruptarea frauduloasă din fondurile europene. Nu e vorba nici măcar de înalții demnitari care fac afaceri cu statul, conferind potlogăriei aura binelui comun și a interesului general. Există și politicieni subțiri, care fură corespunzător. Ați ghicit, sunt virtuozii împrumutului ilicit, cariatidele raptului intelectual, atleții preluării fără ghilimele. Într-un cuvânt, plagiatorii. Îi știm, i-am văzut la lucru și ne-am dat seama cât de mare e potențialul mistificator pe care și l-au exersat în timp. Politicianul plagiator își întemeiază lucrarea pe o vorbă de duh aflată de la W. R. Inge („Originalitatea este un plagiat nedescoperit") și transformată iute în alibi. La umbra acestor cuvinte, omul nostru copiază vârtos și nepăsător. La fel ca orice spărgător de case sau de birouri de schimb, e convins că predecesorii în ale furtului au fost niște cârpaci și că doar el deține rețeta pungășiei nedovedibile. Iar dacă totuși un accident nefericit îi va curma drumul spre prestigiu, va ști să împrăștie perdele de fum, iar la nevoie să invoce o cauză nobilă. „Și mă rog de ce sunt acuzat? Că am semnat cu numele meu tratatul de chirurgie al câtorva francezi obscuri? Și? Ăsta-i plagiat? Vedeți-vă de treabă. N-am făcut decât să traduc niște cursuri pentru studenții mei. La ei m-am gândit. N-am pretins recunoștință, dar nici așa. Unde mai pui că traducerea se plătește prost. Poftim? Cum adică, mă tratați ca pe-un tâlhar? Ei bine, nu accept. Am și eu demnitatea mea. Și apropo, ați auzit de Wilson Mizner? Nu? Eram sigur. Uite ce-a spus: dacă furi de la un autor, plagiezi, dacă furi de la mai mulți, faci cercetare. Aici era vorba de trei autori, nu de unul. Așa că lăsați-mă-n pace."

Traseistul

Însă poate cea mai savuroasă formă de nesimțire politică este traseismul. Drumețiile de la un partid la altul colorează viu spectacolul național și se întemeiază pe o formulă care a făcut deja ocolul României în optzeci de vile: *numai boul e consecvent.* Și dacă tot am stabilit că românul e adaptabil, doar n-o să facem o excepție tocmai cu politicienii. N-ar fi corect. Sunt și ei de la Dumnezeu lăsați. Turismul politic e un sport accesibil doar oamenilor cu o flexibilitate peste medie. Nu oricine dă rezultate pe tăpșanul politicii de partid. Ca să răzbești, ai nevoie de câteva calități esențiale.

Prima constă în capacitatea de-a te declara dezamăgit de partidul pe care-l părăsești cu același avânt cu care îți anunțaseși înrolarea. O simetrie pitorească guvernează drumul traseistului de la o formațiune politică la opusul ei. Euforia angajamentului atinge același nivel cu dezgustul decuplării. Luna de miere cu partidul se consumă entuziast, fără să anunțe delimitări sau divergențe. Politicianul este un soldat fidel, un mărșăluitor cuminte sub flamurile fluturânde ale partidului care l-a primit în rândurile sale. Se conformează politicii fixate la centru, îi interiorizează reperele și le răspândește sârguincios în teritoriu. Întreabă rar, dar răspunde des. Nu e dubitativ, ci convins până-n pânzele albe de înțelepciunea și buna-credință a decidenților.

Fisura apare când partidul scade în sondaje, când traseistului i se refuză un privilegiu sau – și mai grav – când privilegiul respectiv îi este oferit altcuiva. Dintr-odată, omul nostru se întristează. O deziluzie masivă îi întunecă orizontul. Sistemul de așteptări i-a fost înșelat prin manevre nedemne. Personal, nu are ce să-și reproșeze. A fost servil cu cine trebuia, a contribuit generos la ultima campanie, i-a atacat pe toți cei care au îndrăznit să critice partidul. Și-a urmărit tenace scopul, fie el președinția unei comisii, numirea într-o funcție bine remunerată sau amorsarea unor înlesniri pentru firmele la care este acționar, deși legea i-o interzice. Mai mult i-ar fi fost imposibil să facă. Însă dacă așa răsplătește partidul fidelitatea, nimic nu-l oprește pe traseist să se orienteze din mers. Timp de câteva zile, el tatonează abil alte partide, fixându-se, cum e normal asupra celor care cresc în sondaje. După o matură chibzuință, se retrage din partidul A și aterizează senin în partidul B, făcând dovada unei adaptabilități care începe de la reglarea discursului și se încheie cu năpârlirea ideologică.

Dacă până acum traseistul era social-democrat, de-acum încolo o să fie liberal. Dacă până ieri el vitupera de pe pozițiile naționalismului sălbatic, de mâine o să se înfășoare în toga austeră a țărănismului. Inconsecvență? Nici vorbă. Traseistul e gata să-ți explice patetic că a fost victima unei erori de percepție și că, în fine, i s-a luat vălul de pe ochi. Or, asta nu e ipocrizie, nici fariseism, nici curvăsărie, ci pur și simplu curajul de a-ți recunoaște eroarea și de-a o lua de la capăt. *Mai curat, mai uscat, protecție și pe margini.* Capacitatea traseistului de a avea revelații oportune impune reevaluări energice și piruete de patinator rutinat pe gheața politicii naționale.

Spiritul lui se îmbină în cazul ăsta cu o altă calitate de căpătâi: puterea de a-i scălda în înjurături pe cei pe care i-ai copleșit cu laude până săptămâna trecută. În principiu, acest lucru urmează unei acomodări bine dozate. Numai că, atunci când își propune, traseistul are memoria mai scurtă decât fitilul unei grenade. Pentru el, șpagatul comportamental nu e o acrobație primejdioasă, ci dovada unei nesfârșite versatilități. Așa stând lucrurile, colegul de ieri devine dușmanul de azi. Bronzul fără pată de acum o lună s-a transformat într-o jigodie ordinară. Amicul care-l însoțea și la ședințele de partid, și la chefurile interminabile din teritoriu a luat chipul unei fiare fără scrupule, sub a cărei aparență mieroasă se ascunde un pericol fără seamăn pentru țară. Finul afin s-a preschimbat în sfârâiac caraghios. Confratele întru idei înalte a eșuat la malul nisipos al ratării.

Pentru a-și ilustra atașamentul la noua structură, traseistul se cufundă în voluptatea excesului de zel. Calitatea de nou-venit îl obligă să recupereze decalajul care-l separă de colegi. Prin urmare, îmbrățișează o retorică agresivă, în care sarcasmul gratuit, glumița de doi bani și insulta la adresa „foștilor" se completează armonios. Traseistul reintegrat are grijă să-și merite carnetul cu noua siglă. Prea puțin contează că, înjurându-și tovarășii de altădată, își înfierează într-un fel propriile convingeri din trecut. Traseistul trăiește clipa și face din acest lucru prioritatea absolută. O înregimentare tăcută nu impresionează pe nimeni. Una zgomotoasă și ofensatoare le deschide ochii noilor colegi. „Ia te uită ce achiziție importantă am făcut. Oho, da' știi că le zice bine? De ce nu l-om fi transferat mai devreme?"

Uneori, calitățile de atlet ale traseistului îl aduc în situația de-a trece în interval de patru ani pe la tot atâtea partide. Nici asta nu-i ridică întrebări. În fond, nu vorbește toată lumea despre dorința, ba chiar despre nevoia de schimbare? Iar dacă el simte această nevoie o dată pe an, de ce să fie acuzat? Doar cine n-a trecut prin politică și n-a văzut cum se iscălesc târgurile politice mai are naivitatea să arunce reproșuri și să formuleze critici. E ușor să stai pe margine și să arăți cu degetul. Dar ia să-i vedem pe toți cârcotașii ăștia cum s-ar comporta dacă ar intra și ei în vârtej.

Iar traseistul a descoperit între timp scurtăturile care-i asigură îndeplinirea obiectivului. El știe că tergiversările sunt inutile, iar mustrările de conștiință ridicole. Poți foarte bine să fii antisemit în 2003 și filosemit în 2004. Poți să mături pe jos cu ideea de proprietate primăvara și s-o elogiezi stentorial toamna. Poți să te solidarizezi cu ungurii astăzi și să-i afurisești mâine. Poți să invoci protecția socială dimineața și concurența liberă seara. Traseistul e capabil de o navetă interminabilă între partide și de un slalom abil printre idei și doctrine. Nici una dintre ele nu-l confiscă definitiv; toate îi folosesc doar ca instrumente de legitimare vremelnică într-o ierarhie. Liberalul socialist, democratul conservator și celelalte struțocămile din menajeria politică sunt maeștri în arta tocmelii, arhitecți ai compromisului și fachiri ai răzgândirii conjuncturale. Cine-i vede la lucru râde cu un ochi, plânge cu celălalt și clatină resemnat din cap.

Cu nesimțitul la televizor

Dar sigiliul de V.I.P. nu-l marchează doar pe nesimțitul politic. O categorie vrednică de atenție îi include pe teleaști, fie ei realizatori de emisiuni, moderatori sau simboluri ale diverselor posturi de televiziune. În cazul lor, nesimțirea e consecința firească a statutului. Fiecare dintre componenții castei afișează o superioritate găunoasă și se comportă după un cod al proastelor maniere însușit cu aplicație. Excepțiile de la regulă sunt de obicei desconsiderate și suscită comentarii acide din partea breslei. „Uite-l și pe ăsta. Face televiziune de cinci ani și tot n-a învățat să-și tutuiască invitații. Pe cine crede că prostește cu fițele astea?"

Un bun prilej de sondare a nesimțirii televizive îl oferă calitatea de invitat la o emisiune care se înregistrează azi spre a fi difuzată peste două săptămâni. V.I.P.-ul care o concepe – să zicem, o tânără apetisantă, cu ochi frumoși și un decolteu mai adânc ca un panseu pascalian – stabilește o listă de musafiri cu care vrea să stea de vorbă. Ocupată până peste cap, duduia deleagă sarcina invitării uneia dintre asistente, având grijă să-i susure la ureche: „Să nu întârzie vreunul, că-ți mănânc ficații". Asistenta primește o listă de persoane pe care le convoacă în numele V.I.P.-ului (sau, dacă preferați, V.I.P.-ei). Avertismentul primit o sperie atât de tare, încât fata alege soluția siguranței depline. Chiar dacă emisiunea are trei module și la fiecare modul există doi invitați, ea îi cheamă pe toți șase la aceeași oră. În principiu, filmările pentru primul modul încep la patru, dar, ca să se evite pocinoagele, invitația e făcută pentru ora două. Din punctul de vedere al asistentei, misiunea a fost îndeplinită.

Din păcate pentru el, invitatul e punctual, așa că la două fix deschide poarta televiziunii. După ce e legitimat ca un călător surprins fără bilet, omul e condus într-o cămăruță unde i se sugerează să aștepte. În încăpere se găsește o măsuță pe care se află un termos gol și o farfurie pe care cinci alune stinghere așteaptă să fie ciugulite. Într-un colț, la televizorul lăsat să meargă de dimineață invitatul poate vedea una dintre edițiile trecute ale emisiunii la care a fost chemat să participe. Probabil ca să se familiarizeze cu stilul gazdei și cu decorul emisiunii. După câteva minute, musafirul se lămurește și vrea să comute pe un alt canal. Zdrahonul care l-a condus în cameră observă tentativa de răzvrătire și o curmă cu un gest scurt al degetului. Dar ce să vezi? Invitatul e căpos. Nu mai vrea pe postul ăla și pace. Ar prefera să vadă știrile. Silit de împrejurări, malacul îi face într-un târziu hatârul comunicării verbale și-l informează fără precauții: „Nu-i voie să schimbați. Politica firmei." Resemnat, musafirul așteaptă până la ofilire să fie băgat în seamă de cei care l-au chemat în studio, întrebându-se în gând dacă această formă de dispreț mat face parte tot din politica firmei.

După câteva vreme, el constată că nu e singur în cameră. A sosit și restul distribuției. Încet-încet, dialogul care se înfiripă duce la concluzii triste pentru patru dintre cei șase oaspeți, care află consternați că au de așteptat mai mult decât ar fi crezut. Unul dintre ei încearcă să-i ceară explicații asistentei, dar ia-o de unde nu-i. Un altul, mai curajos și mai irascibil, îi cere socoteală zdrahonului care veghează lângă ușă. „Domnule, e prea de tot. Am fost chemați pentru ora două și-am aflat că filmăm la patru jumate. Nu se poate așa ceva." Namila îl privește cu o nedumerire sinceră: „E vreo grabă? Serviți un pateu, o cafeluță. Dacă nu mai e, pun să se-aducă." „Dați-o naibii de cafeluță, vă bateți joc de timpul meu. Una și cu una fac două. Dacă-ntr-un sfert de oră nu intru la filmare, plec și n-aveți decât să faceți emisiunea cum oți ști." Zdrahonul surâde împăciuitor. „Ehe, nu-i frumos s-o supărați pe donșoara Lili. Și oricum, buletinul dumneavoastră e la noi. Îl luați după filmare."

Pe ecran, „donșoara Lili" își pune la bătaie tot farmecul pentru reușita emisiunii. Întâmplător, se discută despre bunele maniere și despre inaderența noii generații la rigorile etichetei și ale politeții elementare. Încă de la primele schimburi de fraze, îți dai seama că e ceva în neregulă. Ciulești urechea și te edifici imediat: realizatoarea, o persoană sub treizeci de ani și aflată în raporturi de caldă familiaritate cu oricine îi calcă în platou, tutuiește jovial pe toată lumea. În stânga ei se găsește un profesor universitar cu părul alb, în dreapta autoarea unei cărți despre politețea publică. Nici unul nu pare genul de om cu care realizatoarea să-și fi petrecut concedii, revelioane sau zile de naștere. Și totuși, tânăra nu renunță la tutuire. I s-a spus că acesta e cârligul cel mai sigur la public. I s-a mai spus că, dacă e protocolară și hipermanierată, rămâne fără public. Iar dacă nu i s-au spus lucrurile astea, le-a dedus singură. Rezultatul este instituirea bătutului obligatoriu pe burtă, a trasului de șireturi până se rup. Însă la o privire mai atentă, nu-i o onoare să fii tutuit de un V.I.P. al televiziunii? Dacă nu te chema el în emisiune, mai știa cineva de tine? Vezi? N-are rost să fii mărginit și să privești lumea cu ochelari de cal. V.I.P.-ul te tutuiește, dar tot el te saltă în ochiul public. Fii sincer cu tine însuți: nu merită?

Tutuirea în platou a unor oameni pe care amfitrionul îi vede pentru prima oară e unul dintre reperele de neclătinat ale emisiunilor TV. Și într-o dezbatere, și la o emisiune-concurs, scenariul e același. Sigur, poți să-l întrebi pe împricinat de ce adoptă această abordare, iar el îți va răspunde după cum urmează: a) și-n America e la fel (evident, omul uită că în engleză *you* înseamnă și „tu“, și „dumneavoastră“, dar nu contează); b) dacă spun „Nae“ în loc de „domnule Dragomirescu“ sau „domnule profesor“ câștig timp și, cum timpul costă bani, înseamnă că mă mai aleg și cu niscai parale; c) da’ tu cine ești, bă, să judeci, ai făcut televiziune și nu știu eu? d) nu-ți place, uită-te la altceva. Nesimțirea V.I.P.-ului e incompletă fără acest amestec de condescendență, miștocăreală și arțag.

Nesimțitul moderator

Unul dintre spectacolele de urmărit neapărat este cel al nesimțitului moderator TV. Cât de oximoronică este această formulă afli din primele minute ale emisiunii, când constați că moderatorul nu e doar lipsit de moderație, ci și nemoderabil. În locul unui om care știe să asculte, dai peste un limbut intratabil. Acesta se hrănește din convingerea că rostul invitatului nu e de-a vorbi, ci de a-l asculta cuminței pe cel care l-a chemat la emisiune. Musafirului i se rezervă în aceste condiții rolul de martor care asistă neputincios la verbiajul moderatorului, la logoreea lui izvorâtă dintr-o irepresibilă dorință de-a se pune în lumină și de-a epata.

Invitatul se așază pe scaun și așteaptă calm să fie întrebat și să răspundă. Ar fi preferat să nu participe la emisiune, însă buna creștere și tema atractivă a discuției l-au convins să răspundă prezent. Totuși, moderatorul le știe pe-ale lui. El se lansează într-un discurs introductiv care durează vreo zece minute, după care catadicsește în fine să adreseze prima întrebare. Invitatul trage aer în piept, își drege glasul, deschide gura și, când să vorbească, e amânat printr-o intervenție hotărâtă: „Aflăm răspunsul după publicitate". Cum reclama e sufletul comerțului – și fiindcă oricum i se taie sunetul –, omul acceptă docil. Își adună gândurile, străduindu-se să nu uite ce avea de spus după ce se va fi terminat calupul publicitar. Numai că la reintrarea în emisie cel care vorbește e tot moderatorul. A considerat că se poate și fără răspunsul invitatului, așa că trece la următoarea chestiune, pe care o prefațează printr-un nou puseu de gureșenie. Musafirul se scufundă treptat în scaun, cu un aer abstras și posac. Începe să-și dea seama că a greșit răspunzând invitației.

Impresia i se confirmă când își dă seama că a trecut mai bine de o jumătate de oră, iar el abia a apucat să spună doar „Nu neapărat, însă...", „Dați-mi voie să încep cu o precizare..." și „Din punctul meu de vedere...". La un moment dat a fost cât pe-aci să termine o frază, dar intervenția de ultim moment a moderatorului i-a răpit și această plăcere. În consecință, așteaptă încordat următoarea pauză publicitară, ca să aibă o mică explicație cu volubilul amfitrion. Și pauza vine. E vremea detergenților, a iaurturilor, a telefoanelor mobile și a mărcilor de bere sau de coniac. Profitând de răgaz, invitatul se interesează sfios care e menirea lui în emisiune. „Dar ce s-a întâmplat?" întreabă intrigat moderatorul. „Dacă tot m-ați chemat aici, poate vă interesează și ce am de spus", îngaimă oaspetele. Gazda își ia un aer opărit în fața acestei fronde incipiente. „Dom'le, stai puțin. Eu sunt moderator, eu fac emisiunea. Ai vorbit și matale și-o să mai vorbești, dar cu măsură. Ar fi și culmea, la mine-n emisiune să vorbească altu' mai mult. Matale cum te-ai simți să-ți intru-n casă și să-ți spun unde să-ți pui hainele și ce să gătești? E normal? Păi vezi? Emisiunea mea e casa mea. Te-am chemat, te supui regulilor. Nu-ți convine, altădată nu mai pupi."

Un mugur pe această ramură a nesimțirii V.I.P. este moderatorul care dă impresia că-și apreciază invitații, dar îi întrerupe ori de câte ori îi vine bine. El are un *modus operandi* altoit pe o vorbă a lui Mark Twain: „Nu pot să-i sufăr pe oamenii care continuă să vorbească în timp ce-i întrerup". Intervențiile lui n-au nici o noimă, dar vor să creeze în rândul privitorilor impresia că omul e „în chestiune", că știe despre ce e vorba în frază. În realitate, obiceiul de a fractura discursul interlocutorului are o explicație mult mai simplă. Moderatorul trebuie să-și justifice într-un fel prezența în platou. Dacă stă și tace, șefii vor crede că nu e bun de nimic și-l vor scoate din grilă. Așa că rămâne într-o pândă perpetuă și, de îndată ce vede că musafirul a ajuns în punctul-cheie al argumentației, se repede asupra lui și-l obligă să se oprească. Invitații reacționează de la caz la caz. Unii se simt de parcă ar fi puși să facă box cu umbra. Alții își pierd firul și încep să divagheze. În fine, curajoșii ripostează scurt: „M-ați întrebat ceva. Atunci faceți bine și ascultați-mă." Efectul acestei puneri la punct durează cât o cursă olimpică de o sută de metri plat. La primul prilej, moderatorul se bagă din nou în vorbă și bucla nesimțirii se închide.

Deloc neglijabile sunt emisiunile în care realizatorii sau moderatorii se răfuiesc cu persoane care nu sunt de față și cu care au avut divergențe în trecutul apropiat. Procedeul nu e elegant, ba e abject de-a binelea. Însă dacă vrei câștig de cauză, n-are rost să-ți alegi mijloacele. Importantă e victoria, nicidecum felul cum o obții. Realizatorul a fost informat că X sau Y i-a reproșat public un exces, un derapaj sau o gafă. Condiția lui de V.I.P. îl silește să nu lase nepenalizate atenționările de acest tip. Căci aici nu e vorba de răzbunare, ci de restabilirea raportului corect între nesimțitul V.I.P. și contestatar. Soluțiile sunt două la număr: ori îl urechezi pe îndrăzneț când știi că nu e în țară și nu-ți poate răspunde, ori profiți de primul prilej și-l iei la scărmănat în public, având însă grijă să transmiți instrucțiuni precise echipei cu care lucrezi. „Băi, fiți atenți, dacă vrea boul ăla să intre în direct, îi tăiați macaroana. Să nu vă prind că-mi dați legătura. N-am ce să discut cu el."

Nesimțitul răsfățat în mass-media

Dar insigna de V.I.P. nu stă doar la reverul ariviștilor sindicali, al politicienilor sau al realizatorilor de televiziune. Și nu doar ei pot să ilustreze nesimțirea cu panaș. Lumea greșește când crede că apogeul nesimțirii V.I.P. a fost atins de înaltul demnitar care a răspuns ironiilor legate de orientările lui homosexuale printr-un îndemn plastic și viforos: „Cei care cred așa ceva să-și trimită nevestele la mine, ca să se convingă“. Lucrurile nu stau nici pe departe așa. Tranziția carpatină a impus treptat o nouă formă de persoană publică, de răsfățat al media, de client obsesiv al știrilor în prime-time și al primei pagini de gazetă. Este vorba de patronii bolnavi de putere sau de afaceriștii dornici de expunere. Vehiculele preferate ale acestor Everești ai nesimțirii sunt fotbalul și politica. În jurul lor zumzăie un alai de țuțeri devotați, cavaleri de oroare cu bicepsul cât craniul, heralzi ai delirului și cântăreți în strună gata să-și închirieze conștiința pentru un post călduț sau un cont bine alimentat. Preocuparea lor de bază este să-l asigure ritmic pe marele om de rostul lui providențial, de vorba lui care dizolvă răul și de fapta lui care e temeiul lumii perfecte.

Nesimțitul V.I.P. din categoria amintită știe că mulțimea vrea circ dimineața, la prânz și seara și e gata să-l ofere, cu sau fără pâine. Priviți-l cu detașare. Este animalul perfect al tranziției: isteric, apucat, insultător, gata să dea bani cu o mână și să învârtă cuțitul cu cealaltă, convins că are fir scurt cu divinitatea și că e singurul sănătos într-o lume virusată, sălbatic în duelurile pseudopolitice și chefliu fără perdea la nunțile interlope, orbit de propria dimensiune și fascinat de pildele biblice, ținând statuia Sfântului Gheorghe pe casa de bani sau pe televizorul cu plasmă, ridicând biserici și înjurând de dumnezei, mâncând telemea acasă și somon fumé la restaurant, disponibil la orice oră din zi și din noapte pentru scandal și balamuc, afectuos cu nevasta și grețos cu femeile care nu i se închină în altarul politicii, lăcrimând când e săgetat de amintiri personale, dar imbatabil la pusul poalelor în cap, sentimental pe ritmuri de manele și inflexibil când debitează enormități, de neoprit în marșul lui împotriva normalității, sfidător în fața legii și permeabil la indicațiile de sus, obișnuit să comande fripturi și năzuind să comande oștiri de războinici aleși după chip și asemănare, scăpat din corsetul oricăror norme de comportament, bun de gură și belaliu, ilogic și generos, incapabil să trăiască fără perfuzii TV, îmbrăcat de la firme străine și propovăduind deșănțat românismul, momit de ispite voievodale și crâncen în jurămintele de răzbunare, șmecher în afaceri și infantil în gândire, șef de cuib, echipă și partid, abonat la revelații și deopotrivă la erezii, instalat în foișorul trufiei, autoipostaziat în urs, luptător și președinte de țară, curajos în spatele bodyguarzilor, nerăbdător să scoată sabia, dar neputând să țină pixul.

V.I.P.-ul astfel descris dezvoltă comportamente patologice pe care anturajul începe prin a le admira și sfârșește prin a le reproduce. Dacă el rezolvă disputele cu pumnul sau sudalma, ceilalți se simt obligați să-i calce pe urme. Frisonul emulativ e la el acasă. După ce nesimțitul-șef bate un ziarist, adjunctul lui își repede pumnul în falca unui suporter. Dacă stăpânul prealuminat descoperă o uneltire mârșavă a rivalilor, mâna lui dreaptă dezgroapă trei. Dacă El, Supremul atacă fără discriminare, haita se repede ca la un semn. Avem aici nesimțirea care aruncă în aer totul, începând cu Vechiul Testament și terminând cu ANAF-ul. Dinamita plasată de nesimțitul V.I.P. sub șezutul individual și în țesutul social șterge în cazul de față contururile lumii firești și condamnă la sminteală.

Este interesant să-i studiezi pe reprezentanții acestei categorii în clipa când cineva – de obicei, un ziarist – le pune o întrebare incomodă. Pojghița de civilitate se crapă și lasă să se vadă nesimțirea violentă, neprelucrată. Unul dintre cei descusuți se congestionează, începe să se bâlbâie și până la urmă varsă o tonă de mizerii în capul curiosului imprudent. Altul îl privește cu ochi șerpești și-l scuipă în față. Altul îl drăcuie scurt, rezervându-i același tratament și operatorului care filmează. Altul amenință că sună la conducerea ziarului și cere măsuri punitive urgente. Altul încearcă să confiște fie microfonul, fie camera video, fie pe ambele. În fine, altul urcă la volan și simulează că vrea să-l calce cu mașina pe temerar. Nesimțitul nu se mai ferește și nu mai acceptă să joace roluri de ochii lumii. Se comportă după cum îi vine, fără să se gândească la ce va spune lumea. Oricum nu l-a interesat niciodată – poate doar atunci când a apărut la televizor ca să facă politică, propagandă sau prozeliți.

Categoria nesimțiților V.I.P. e spațioasă și primitoare. Criteriile de admitere se știu, iar valabilitatea lor a fost testată în timp. Cine vrea să adere trebuie să întrunească un set de însușiri la îndemână: să fie convins că i se permite totul și nu i se refuză nimic; să pretindă respect și să ofere în schimb mojicie; să așeze între el și omul de pe stradă o distanță de neacoperit; să aibă conștiința propriului statut și să abuzeze de ea ori de câte ori are prilejul; să fie generos când se știe filmat și zgârie-brânză în rest; să se supună doar regulilor tagmei. E greu? Nu din cale-afară. Nesimțitul V.I.P. are alonja notorietății, dar nu se pricepe s-o valorifice întotdeauna. Probabil că acesta este de fapt punctul lui vulnerabil: neputința de-a sesiza momentul când un avantaj aparent se transformă în handicap decisiv.

epilog

M-am trezit buimac, în zgomotul unui pickhammer insistent. Visam că nimerisem pe masa de operație a unui chirurg avangardist, care profita de mine ca să experimenteze ultima invenție în materie de timpanoplastie. Am simțit un sfredel în urechi, am înjurat neputincios și am deschis ochii. Visul s-a risipit, dar impresia că eram supus unei torturi umilitoare a rămas. Mi-am dat seama totodată că dormisem mult mai puțin decât îmi propusesem. M-am uitat la ceas și am văzut că era șase și jumătate dimineața. M-am dat jos din pat cu mișcări de păpușă dezaxată și mi-am aruncat ochii pe geam. Trei bărbați găureau asfaltul cu aerul că împlinesc un ritual păgân. Mare nesimțire, mi-am spus cu năduf și am intrat în baie. Pe la jumătatea dușului, apa s-a oprit brusc. Am rămas cu săpunul pe mine, neștiind ce să cred. Două minute mai târziu, pe când filozofam pe tema actelor ratate, gresia și faianța au început să zornăie amenințător. Ceva dezagreabil și drastic se petrecea dedesubt. Un burghiu a prins să foreze un perete, semn că vecinii de jos tocmai votau schimbarea. Și probabil că era mult de votat, dat fiind că demaraseră procedura la 6.50.

Am ieșit pe ușa blocului și după doi pași m-am simțit atacat de niște musculițe ciudate. Mi-am trecut mâinile prin păr, încercând să văd despre ce era vorba, și apoi mi-am ridicat privirile. La etajul doi, coana Mița tocmai împăturea mulțumită fața de masă pe care mi-o scuturase în cap. Noua formă de mătreață pe care o contractasem prin amabilitatea ei m-a făcut să clatin din cap – pe jumătate de nervi, pe jumătate ca să-mi scutur măcar o parte din recolta de firimituri.

Am ajuns în stația de autobuz la timp ca șoferul autobuzului să-mi închidă ușa în nas și să mă oblige la zece minute de așteptare exasperată. Într-un târziu, următorul autobuz s-a urnit de la capătul liniei și a tras la bordură. M-am așezat pe un scaun, am deschis geamul din dreptul meu, am scos o carte din geantă și am dat să citesc. Din spate, o mână păroasă mi-a închis geamul cu o mișcare care nu admitea replică. Mi-am amintit că autobuzul e o incintă pe placul anaerobilor și mi-am plecat ochii în carte. Din jur simțeam cum mă înconjoară izuri care mai de care mai îndrăznețe. Am apucat să citesc o frază, după care din difuzorul de deasupra mea Nicolae Guță a prins să se văicărească sfâșietor: *Iubirea ta, dragostea mea, / Mi-a otrăvit inimioara, / Mi-ai pus sare peste rană, / Iubirea ta e-o vorbă goală...*".

Am coborât întristat și am luat un taxi, ca să ajung la timp la emisiunea TV la care fusesem invitat încă de acum două săptămâni. M-am grăbit degeaba, fiindcă, odată sosit la locul faptei, am fost pus pe *stand-by* de o doamnă care m-a condus într-o cămăruță de unde a venit să mă salte după două ore ca să mă introducă în platou. Deja întârziasem la o întâlnire importantă. La editură am ajuns pe la unu și jumătate în loc de unsprezece. Am scos discheta din geantă și am predat-o secretariatului de redacție, mulțumit că nu întârziasem mai mult de o săptămână peste termenul fixat.

Când m-am întors acasă, am urcat pe o mochetă din coji de semințe care mi-au pocnit sub pantofi până la etajul doi, unde trei scuipătoare umane se opriseră pe băncuță, pentru o tacla tihnită. Un etaj mai sus, mi-am cerut scuze vecinilor care întinseseră masa pe palier. Mi s-a părut că văd în ochii lor o undă de silă din cauză că îndrăznisem să le tulbur cina în casa scărilor. Am descuiat ușa apartamentului și am verificat dacă se dăduse drumul la apă. Da, aveam apă, dar nu doar la robinet, ci și de la vecinul de deasupra, care plecase la serviciu lăsând robinetul deschis și îmi muiase tavanul.

Spre seară, după ce administratorul mi-a comunicat că incidentele astea se rezolvă prin bună înțelegere între părți – „suntem oameni, domnu', nu animale" –, am încercat să văd un film, însă fără succes. Din peretele alăturat mi-a năvălit în sufragerie o hoardă de decibeli călare pe niște bași fără grad de comparație. Am ieșit și am ciocănit la ușa vecinului de lângă mine. Evident că nu mi-a răspuns. La ce hărmălaie se auzea din apartament, n-ar fi avut cum să mă audă. Iar soneria nu mergea oricum.

Acum e două noaptea. Lumea s-a culcat, cu excepția vecinei de dedesubt, care urmărește cu sufletul la gură spovedania unui criminal în serie la OTV. Sonorul e dat la maximum, așa încât am în permanență impresia că ucigașul se află la mine în debara și-mi vorbește de acolo.

Ceva îmi spune că mâine n-o să fiu bun de nimic. Iar din câte știu, peste două zile „e nuntă în cartier". Fata acordeonistului de la unu se mărită. Culmea e că o cheamă Gioconda.

Cuprins